中国校园经典散文

紫色风铃

因为遇到你，所以叫青春

卞庆奎◎主编

全国百佳图书出版单位
时代出版传媒股份有限公司
黄山书社

图书在版编目（CIP）数据

紫色风铃 / 卞庆奎主编．—合肥：黄山书社，2011.12
（中国校园经典散文）
ISBN 978-7-5461-2301-1

Ⅰ．①紫… Ⅱ．①卞… Ⅲ．①散文集－中国－当代
Ⅳ．①I267

中国版本图书馆CIP数据核字(2011)第248672号

紫色风铃　因为遇到你所以叫青春　卞庆奎　主编

出 版 人：任耕耘　选题策划：王其芳　刘一寒
责任编辑：王其芳　刘一寒　版式设计：王　燚
责任印制：李　磊

出版发行：时代出版传媒股份有限公司（http://www.press-mart.com）
黄山书社（http://www.hsbook.cn）
（合肥市翡翠路1118号出版传媒广场7层　邮政编码：230071）
经　　销：全国新华书店
印　　刷：北京正合鼎业印刷技术有限公司

开　　本：710×1000　1/16　印　　张：14.5　字　　数：180千字
版　　次：2012年6月第1版　2012年6月第1次印刷
书　　号：ISBN 978-7-5461-2301-1　定　　价：28.00元

版权所有　侵权必究
（本版图书凡印刷、装订错误，可及时向承印厂调换）

目 录 CONTENTS

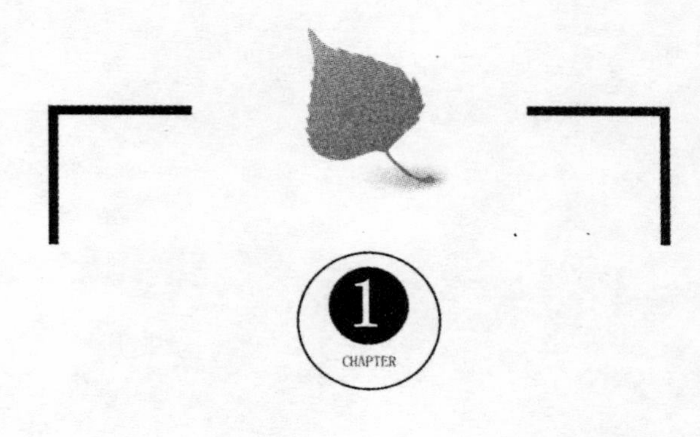

1
CHAPTER

第一章

阳光灿烂的日子

那些年，阳光灿烂，我骑着单车，载着十六岁的你，载着那段花季跟雨季。你曾对我说，看，阳光多么灿烂。我当时没有回答，多少年之后，我才明白，阳光灿烂的日子，有你，有十六岁的那年，还有单车。多美好啊！

黑白共存

陈文婷

有人说喜欢黑白两色的人有点冷酷，可黑白并没将我变成冷血动物，我的喜怒哀乐依然那么分明，情感的天空里永远是七色阳光和素月清辉。如果说，我所走过的路上布满了姹紫嫣红的风景，那么，路的前方，始终是黑白两色的旗帜在飘。

很小的时候，就喜欢外婆衣服上一副黑亮的扣子，在外婆的麻布衣服上闪着幽光。稍大一点儿，又对妈妈的一个白色背包开始感兴趣。其实那是一个普通的包，只因为大面积的白色上有黑色的线条滚着边，于是我对这个包的向往之情日益加深。

岁月流过，黑白越发成为了我的至爱。黑白总有一些发散而不张扬、古典而不呆板、神秘而不诡秘的意味在里面，尤其是黑白对比的设计。前几年附近一家商店开张，我走马观花了一番，却在一家窄窄的小店前迈不开步来，这个只有十几平方米的空间里，前面、左边、右边挂的全是黑白两色对比着设计的服装，我沉浸在各种各样的黑白图案里，心中甚至有点儿哥伦布发现新大陆般的窃喜和兴奋。

绚丽多彩的画面自然令人流连忘返，但黑白蕴涵的沉稳、简约、单纯和些许的冷调，却常常能将我从烦躁喧嚣的心境中拽出来，慢慢地冷静杂乱的思维，直至凉风御肩，荷香盈袖。记得一个偶然的机会，我在影院里看到了《罗马假日》。

赫本的美丽如天外飞仙，尤其是她在理发店里剪短了头发，往橱窗里一照的镜头，黑亮的头发，潭水一样幽深的大眼睛，光洁无瑕的脸庞，雪白的衬衣，黑色的长裙，直羡煞多少涂脂抹粉的尘世美人。

其实，我也曾喜爱过，红的热烈，黄的清淡，紫的深邃，青的婉转……

有人说喜欢黑白两色的人有点冷酷，可黑白并没将我变成冷血动物，我的喜怒哀乐依然那么分明，情感的天空里永远是七色阳光和素月清辉。如果说，我所走过的路上布满了姹紫嫣红的风景，那么，路的前方，始终是黑白两色的旗帜在飘。

编辑心语：

黑白分明也就是是非分明，善恶分明，文章的寓意是深刻的。

感觉失败

王 宁

我们不可轻易忘记失败时的感受，让那份感觉刻骨铭心吧，这样才能激发你奋起。

人会经常经历失败，没有一个人脚下的路是畅通无阻的。失败有大有小，但都需要你去经历。其实，感觉失败也是一种财富。

如果你有过失败，并为之深深地痛苦过，当你挺过来时，你一定会觉得受到了一次洗礼，得到了一次磨炼，你一定会感到变得坚强了些。那么当困难和失败再来敲响你的门铃时，你会说，我经历过，我战胜过。面对失败，我将是强者。那么以前的那份对失败的感受不就是财富吗？

当然，并不是所有的失败都能变成财富的。如果在经历一次失败后便长吁短叹、心灰意冷、自暴自弃，那这种感受绝不会成为财富，也就绝没有日后的成功可言。

怎样让感受失败成为财富呢？

失败的滋味是痛苦的。我们要有这份承受痛苦的能力。人的成熟离不开自身这样那样的痛苦经历。曲折，能加速人的意志的成熟；挫折，能培育人的性格的成熟。能承受失败的痛苦，才能得到成功的欢乐。爱迪生成功的背后，就承受了上千次失败的痛苦。

我们不可轻易忘记失败时的感受，让那份感觉刻骨铭心吧，这样才能激发你奋起。古人说：“知耻而后勇。”套用一下，“知败而后胜。”春秋时吴越争霸，吴国凭借较强的实力战胜了越国。越王勾践为了让自己不忘失败，卧薪尝胆，发愤图强，最终战胜了吴国。要记住，失败的耻辱使越王勾践成就了事业。

一位哲人说过：你在成功中可能什么也学不到，但在失意、痛苦和失败中却能获得无尽的知识。我的一个同学曾在《练笔》中写道："近来我常常失败，考试没有一次不出错，苦恼常常缠绕着我，一次次苦思之余，我忽然醒悟了……"能在失败中总结出教训，在今后的努力中引以为戒，感受失败才能成为财富。

"自古英雄多磨难。"不要怕失败，须知感受失败也是一种财富，它能助你尝到成功的甜果。

编辑心语：

文章开门见山亮出观点，首尾呼应，结构严谨，例证简练，引证精当。语言自然流畅，颇有气势，全篇转笔自如，一气呵成。

走过失落

顾琼瑶

失落的滋味是苦涩的，然而又并不完全是苦涩的，正如良药，苦口却利于病。如果能够在失落中寻找到有益于自己的东西，那么失落倒是一笔不可多得的宝贵财富。

失落的感觉是痛苦的，然而它带给人们的并不只是痛苦。正如一位伟人所说："痛苦是一所最好的学校。"只要我们以正确的姿态对待人生旅途中的种种失落，失落不啻为一笔财富。

在失落之后，我学会了清醒地审视自己。在意气风发的日子里，从来只知向前，不肯回顾。而失落感迫使我回首往昔的时光，在那儿有我的足迹。细细审视一番后，才发现自己的许多缺点和不足。这令我惊讶——从前怎么都没看出来？我又庆幸——亡羊补牢，犹未为晚。在失落之后我渐渐清楚地认识了自己，并痛恶曾经有过的轻狂与不自知。失落是一剂清凉药，帮我从盲目无知中清醒。

在失落中，我学会了抚慰自己。面对不曾有过的失败，先是茫然不知所措，后来渐渐在失落中找到了答案。它告诉我，人生的道路并非一帆风顺，遇到一些坎坷总是难免的；它还告诉我，得意须淡然，失意须泰然。我在失落中仔细领悟，体味着人生的苦辣酸甜；慢慢地抚平了伤痕，当下一次失败降临时，我变得冷静而坚强。在一次次的失落中，我慢慢长大、成熟。失落又是一剂补药，帮我壮筋骨、长智慧。

更重要的是，我在失落中学会了超越自我。在认清自己的同时，我也为自己画出了新的造型，补过去之不足，绘未来之蓝图。正是失落给了我再度努力的勇气。每一次失落都是对以往错误的否定，每一次失落又鞭策我站在新的起点上，重新开始。一次又一次的失落使我不断地完善、充实。失落又是一剂兴奋剂，激我自新，促我奋进。

失落的滋味是苦涩的，然而又并不完全是苦涩的，正如良药，苦口却利于病。如果能够在失落中寻找到有益于自己的东西，那么失落倒是一笔不可多得的宝贵财富。我正是从失落中吸取财富，最终走出失落，再塑全新的自我！

编辑心语：

文章层层推进，娓娓道来，以理服人，以情动人，用语典雅而无雕琢之痕，真切自然地道出了成长旅途上的心灵感悟。

阳光灿烂的日子

滕瑶瑶

在这个世界上，阳光只会拥抱成功者。如果失败了，就意味着被遗忘。在遗忘的雨天里，要么崛起，要么灭亡。所以，我们必须保持对阳光的渴望，不仅为了生存，更为了生活。

窗外阳光灿烂。

朋友从外地打来电话，说他过得“孬透了”，我笑了笑，告诉他，我们这儿是晴天。沉默了一会儿，我又问道：“你们那里呢?”他似乎迟疑了一下，说，“也是。”接着，就匆匆地挂了电话。

于是，我一个人坐着，愣愣地遐想。我不知道他在那儿的真实情况，但可以确定，他不快乐。因为在天晴的时候，他忘记了去看一眼窗外的阳光。

人的心情分很多种，就看你能不能披沙拣金，子曰：“贤哉，回也！一箪食，一瓢饮，在陋巷，人不堪其忧，回也不改其乐。贤哉，回也！”颜回是伟大的，因为他在如此困苦中依然坚守着快乐；颜回是快乐的，因为他在陋巷里凝望着头顶的阳光。

远方的朋友，你难道记不起曾经你对我的劝慰了吗？你说过：“人纵使有一千个理由哭泣，也要找出一个理由欢笑。”更何况现在我们还拥有一片灿烂的阳光啊！

在阳光灿烂的日子里，又有谁会拒绝微笑呢？

黄昏时分，斜阳将落，我不自觉地想到了阴天。

阴天确实不是一种讨人喜欢的天气——将雨无泪，欲晴不明，而那种惨淡的色调，更使人感到压抑和颓然。

阴天似乎是迷惘的，它像一个十字路口，一条路通向雨天，一条路通往晴天。于是，上帝煞有介事地摆开两张牌（一张画着笑脸，一张描着泪容），坐在路口处，等待过往行人的问讯，而在你忍不住抽出一张牌后，他就会像个狡黠的骗子，悉数收取了你的快乐，然后卷铺盖溜走，只留下你一人忍受着随即到来的淅洒的雨滴。并且，你也无权责怪他。因为，当你寄希望于“上帝”时，就已透露出自己的绝望与无能。一个对生活丧失了信心的人还有什么资格去拥有阳光呢？

所以，在阴天的路口，你不要左右顾盼着，寻找那个贪婪的老人或者其他的依靠（因为上帝那家伙最擅长以不同的面孔与身份去欺骗你），你只需用你的眼睛去捕捉，用你的耳朵去聆听，用你的双手去触摸，用你的心灵去感受，那些与阳光有千丝万缕联系的世间万物，向它们询问阳光的方向。如果一时找不到答案也不必彷徨，你身上阳光的吻痕不是还没有淡去吗？那么，不妨坐下来，享受一下阴天独有的凉爽。

总之，请记住：在阴天里，我们依旧可以想见阳光的灿烂，即使一切都已看不真切，至少，我们还拥有回忆。

“窗外雨潺潺，春意阑珊，罗衾不耐五更寒，梦里不知身是客，一晌贪欢，独自莫凭栏，无限江山，别时容易见时难，流水落花春去也，天上人间。”

很小的时候我就喜欢这首词，虽然当时不十分明白它的含义，但我还是能体会到其中的凄凉、哀婉。中国的文人确实喜欢写雨，且又确实地很会写雨。贺铸的“试问闲愁都几许？一川烟草，满城风絮，梅子黄时雨”，黄遵宪的“千声檐铁百淋铃，雨横风狂暂一停”，李清照的“梧桐更兼细雨，到黄昏点点滴滴。这次第怎一个愁字了得”，无不是人间绝唱，同时又无一例外地流露出或凄凉或愁苦的情感，连昔日驰骋沙场的陆游也发出了“此身合是诗人未？细雨骑驴入剑门”的无奈慨叹，这自然与他们所处的历史环境密不可分，不过这也说明雨的确是触发悲情的催化剂，然而，如果每雨必悲，那就大可不必了。

偶尔，沉浸于雨的落寞、悲凉是美丽的，但生活不会给人太多的时间流泪，更多时候，我们需要的是乐观与坚强。没有办法，现实就是现实，雨中凄美的情愫不能填饱肚子。因此在雨天，我们不得不学会摆脱阴霾，找寻阳光。

在这个世界上，阳光只会拥抱成功者。如果失败了，就意味着被遗忘。在遗忘的雨天里，要么崛起，要么灭亡。所以，我们必须保持对阳光的渴望，不仅为了生存，更为了生活。

我能理解这点。因此，无论细雨绵绵，无论暴雨奔泻，我的天空依然会阳光灿烂。

编辑心语：

用积极的心态面对一切，无论是阴是晴，我们的心里都会充满阳光。

我是谁

潘颖玲

每天的日出代表着每天的心情，每天的日落使人更加明白自己。也许自己并非太懂得自己，但也无须太懂自己，做角落里一抹淡薄的阳光，做脚下的一粒细微的尘土，又何尝不是一种欣慰？

我是谁？风中夹带的一颗沙粒，脚下扬起的一粒尘土。我是谁？空气中弥漫的一团雾气，晨曦中随意折射的一缕阳光……

喻尽自己，该有一份表白。

人生好似一堵城墙，好容易从墙的缝隙中挤了出来，还未来得及好好呼吸一下墙外不同的空气，又得匆忙转过身，迷惘地走进那堵曾经熟悉的城墙。反反复复，人生如此般迂回……

小的时候，是那么渴望长大，总以为长大后人生便多么丰富多彩；待到长大后，才知人生路上充满着太多的哲理。于是我试着去理解，去体会，去斟酌，生活的艰辛也就在此被体会到。于是，我失去了那份本该属于自己的纯真与美好，反而多了一份成熟者般的缄默与冷淡，顿时，我自觉失落了许多，许多……

后来，我开始在现实生活中乔装改变自己，努力做老师心中的好学生，同学们心中的好干部，父母心中的好孩子，奋力追求自己的完美。认为这样的人才最完美，殊不知，不完美也是一种美。结果，我被自己这样的改变累垮了，我崩溃了，我放弃了许多。结局如此颓唐，痛心是自然的，但想得更多的是摆脱，于是——

夜晚，我独自一人回家。

夜很静，无人经过。耳边的风呼呼地吹着，却带不走半点烦恼，反而带来更多的回忆；夜晚的天空无法凝结脸上的泪，任由它流下来，落进嘴里，沿着那条我每天都要经过的不算太长的路，我徘徊了很久，领悟了许多……

这时的我，已走出了“城墙”。我获得了自由。

第二天，一切依旧。

面对着同样的脸庞，却拥有着不一样的心情。那颗曾经疲惫憔悴的心，正在搏动着最原始的青春活力。

每天的日出代表着每天的心情，每天的日落使人更加明白自己。也许自己并非太懂得自己，但也无须太懂自己，做角落里一抹淡薄的阳光，做脚下一粒细微的尘土，又何尝不是一种欣慰？

编辑心语：

不是每一个人都真正地了解了自己，文章读后颇让人深思。

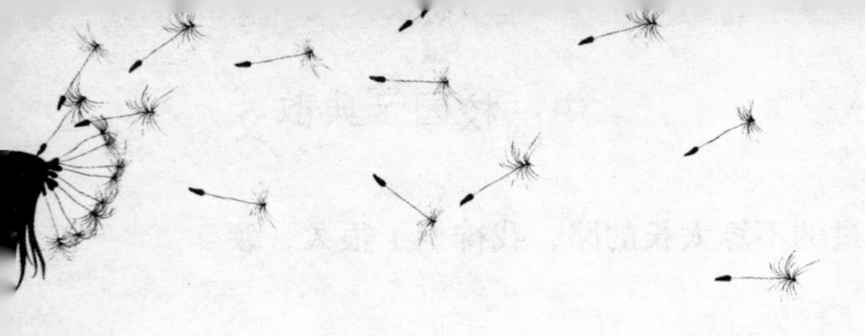

我是小草

花中框

虽然我们会在严寒的催逼下开始枯萎，但我们的心永远属于青葱的世界。人们都说绿色是生命的颜色，而这也正是我们小草家族的生活本色。

我是小草，一棵被人遗忘的小草。

我的出生本是一件快乐的事，我想为人们的生活添加更多的情趣，可到头来常得到无端的指责。我不知道人们为什么会这样，难道是因为我也曾伤心流泪，在心底默默地唱："没有花香，没有树高，我是一棵无人知道的小草……"

我曾羡慕过花儿，向她们请教过发香的奥秘；也曾为自己的矮小失魂过，请求树木告诉我长高的秘密。

也许是因为生活的坎坷，我学会了许多，也懂得了许多，我不再一味去追求外在的美。虽然自己没有引人注目的地方，但我还是对生活充满着热情。

在这泥泞的道路上，我摔倒了又站起来——诗人也被我所感动："野火烧不尽，春风吹又生。"是啊，这就是我不屈不挠的精神。我告诉自己，其实草儿也不比花儿、树木低一等，我也有自己的尊严和坚强的意志。

我不再掩饰自己，不再为仰对人们而自卑。在这个世界上，我们的小草家族已扎根并繁衍着：那校园，那公园，那草原……我和它们形影不离。虽然我们会在严寒的催逼下开始枯萎，但我们的心永远属于青葱的世界。人们都说绿色是生命的颜色，而这也正是我们小草家族的生活本色。

对我厌烦的人们，请你们好好想一想吧，小草并不是你们的天敌，我们很乐意跟你们做朋友的，不管天南海北，都有我们的足迹……

生活，谢谢你，是你给了我这棵软弱的小草生存的勇气。春风拂绿了我，阳光照耀着我，我的伙伴遍及天涯海角……

编辑心语：

作者以一颗简单而敏感的心感受着生活的脉搏，激励自己走出自卑的阴影。

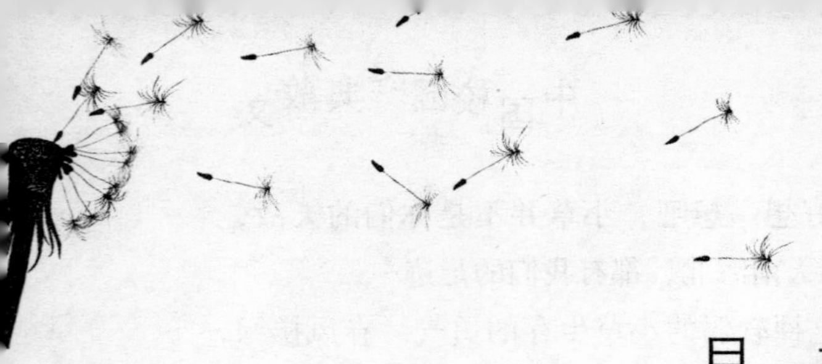

目 标

姚 明

投篮有时候就是这样，空心球十分漂亮却难投。如果一味追求球中筐心，就会饱受不中的痛苦，导致心态变化，百投不中，何不瞄准篮板，轻松得分呢？

进入www.stop.com站点，点击“勿宝目标”标题，进入一个页面，单击“play”，屏幕开始播放一个运动会的场面，这正是三千米的比赛，健是夺冠的大热门，他不住地做着准备活动，显得雄心勃勃。随着枪声，一个个四肢发达的运动员或快或慢地跑了出去。一开跑健就领跑，并渐渐甩掉后面的对手，他越跑越快，一点儿也看不出他正参加的是长跑。他大口地吸着气，他的脑海里只有一个念头，毫不费力地一口气赢下比赛，想到这儿，他的腿就更快了。他的举动引起了场外观众一阵阵的掌声，比赛才刚开始，仿佛就没有了悬念，人们更坚信他能赢了。渐渐地，阳光开始变得火辣辣的，空气好像变得黏稠，健用力吸它呼吸却愈发困难，他的腹部传来阵痛，跑道也好像死死地抱着他的腿，不让你再前进。他痛苦地闭上了眼睛，观众在喊着什么，可他却听不清，只听得见自己心脏猛烈撞击胸腔的声音，还有三分之二的路程呢！他觉得连跑下来都是种奢望，更别谈冠军了，他的腿不由自主地慢了下来，但当他想提提精神的时候却又快不起来了，之后他眼前直发黑，腿一软，就跌倒了……

拉动滚动条，下面有一篇文章。

西任是某中学学生，成绩刚进校的时候是中游。因为这所中学是全国重点高中，班里强手如云，第一次考试后，西任就落到了倒数的行列。他内心很不平衡，在原来自己上的初中，自己一直都是名列前茅的。他给自己订下了一个计划，下次一定要考进班级前五名。于是他开始发愤学习，他试着将书、公式、概念一遍遍地死记。殊不知这是无用功，他再次成为倒数，却认为自己已经用功了，却考不好，老天太不公平了。

投篮有时候就是这样，空心球十分漂亮却难投。如果一味追求球中筐心，就会饱受不中的痛苦，导致心态变化，百投不中，何不瞄准篮板，轻松得分呢？

幼儿园的老师经常教育刚入学的小孩儿们，要树立远大的目标。孩子们脱口就说出自己将来要做科学家，要当球星、影星，但终因无法实现而放弃努力。何不树立阶段性的计划，步步为营，逐渐成功？

我感慨万千地点了右上角的“×”，关掉了网页。

编辑心语：

一个人的追求应该根据实际情况，树立阶段性计划，一步一步地向前迈进。文章有感而发，剖析深刻。

周末喝茶

施研明

透明的舞台，茶叶在上面飞舞，一圈圈地打转儿，尽情地挥洒着她短暂的青春，将每一份甘甜和苦涩洒遍周身，舞起的肢下的层层涟漪扰乱不了已沉入深深杯底的心事。

这就是星期天吧，前几天还在紧张状态中，而现在的我不悲不喜，不愁不乐。

学烦了，昏昏欲睡，去泡杯茶喝喝吧，听人说中国茶能提神醒脑，同时打开CD，享受一下午后的阳光。呵呵，憧憬得不错，说干就干，洗个透明的玻璃杯，丢进几根茶叶，分几次倒进开水，这里面有一个小秘诀哟！就是分几次倒水，这样香气容易散发出来，当然前提是茶叶得好。

几片叶子在沸腾的水中上下翻滚着，像是人不适应陌生的环境。将杯子放在桌子上过会儿，待叶子沉寂下来，也让自己平静下来。最初看水中翻滚着的茶叶，像是鱼在水中游来游去，陡然想起，鱼睡觉不闭眼睛，是真的吗？管他呢！我睡觉要是也不闭眼睛，那上课时……嘿嘿嘿嘿嘿，那该多好！

哎呀！不小心打了个盹，而且是闭着眼睛。

此时茶叶已经散开，想必是它们适应了吧，一片嫩芽，似亭亭玉立的少女，摆弄着舞裙，居然在杯中央停住了，上层的碎叶像是闪烁的吊灯。阳光从缝隙间射入，由玻璃折射进水里，使整个水世界成了一片清绿。透明的舞台，茶叶在上面飞舞，一圈圈地打转儿，尽情地挥洒着她短暂的青春，将每一份甘甜和苦涩洒遍周身，舞起的肢下的层层涟漪扰乱不了已沉入深深杯底的心事。就这样吧，将他们狠狠地踩在脚下，加上盖子和锁，不要让他们打扰了我的舞步、青春、生命，一切都是我的，谁也无法左右，但似乎一切又不是我的。

水凉了，茶叶似乎已深深睡去，甜甜地躺在了杯底，又一个梦沉在心底，但这个梦美得还不够真实，苦得还不够彻底。

梦醒时分，阴转多云的天忽然露出了一点儿阳光，我关掉音乐，喝掉茶，走了出去。

编辑心语：

文章的标题很有张力，在茶叶沉浮的无语之间，作者的心境也回归了宁静。作者有一定的语言驾驭能力。

第二章

那个夏季

我们伤过，痛过，坚持过也放弃过。有时昂首俾睨，有时把头埋在沙堆里，那些迷惘的岁月，那些提着灯笼搜寻自己影子的岁月都已是大雪纷飞以前的事了。

人生的曲线

李雪峰

其实，人生对于我们每一个负重的人又何尝不是一个漫长的陡坡呢？我们精疲力竭地拼命走直线，企望尽快地登上辉煌的顶点，但却常常落在了那些轻轻松松走曲线的同行者身后。在我们人生的陡坡上，直线并不是最短的距离。能够使我们更快更省力地到达辉煌顶点的，或许是曲线。

高考落榜的那个夏天，我不顾家人的劝阻，毅然到镇上的丰收窑厂去打工。老板给我推来辆拉车说："你拉土吧。"于是，我就成了运土组一名最年轻的组员。

我们的任务就是每人一辆拉车，在距窑厂近一公里远的采土点装满土后，一车一车运到窑厂来，每人每天20车，从采土点到窑厂，是30度左右的一个漫长的陡坡道，平常一个人拽一辆空拉车都很吃力，何况装满一车沉重的黄泥土呢？

我弓着腰，拼命拽着拉车的背带，绷紧双腿使劲儿地往上拽，胳膊发麻，两腿累得直打哆嗦，汗珠吧嗒吧嗒摔到地上，在落满厚厚积尘的陡坡上砸出一串又一串的麻点。第一天艰苦地结束了，拖着满身的酸痛到记事板前一看，别人的任务都完成了，我才运了15车。我愣了，怎么会这样呢？他们拽着拉车在陡坡上左扭右拐，只有我是拼了命狠着劲儿直线走的，怎么还比他们少？两点之间直线最短啊！第二天运土，看着我累得站都站不直的样子，邻居刘大叔说："你这样拽车不行，人累垮了，任务还一直完不成。"

刘大叔边给我做示范边说："瞅，先往右斜着走，再往左斜着走，就这样一直左斜右斜，不用太费力就拽上去了。"我看着刘大叔的车辙，左斜斜右斜斜，一直呈“之”字形地蜿蜒着爬上了陡坡，我心里只觉得很好笑：这样走，至少比直线多走了一倍的路，怎么能又快又省力呢?

但我还是依照刘大叔的走法试了试，一试果然省力了许多，天快黑的时候，我很轻松地拽完了20车黄泥土。开始的时候我挺不解，怎么走曲线比走直线还省力还更快呢？但渐渐我就明白了，刘大叔们这种上陡坡走曲线的方法，左一斜右一斜的，就把陡坡的陡度一点点斜缓了，30度左右的陡坡，或许被他们斜成了10度或5度。

其实，人生对于我们每一个负重的人又何尝不是一个漫长的陡坡呢?我们精疲力竭地拼命走直线，企望尽快地登上辉煌的顶点，但却常常落在了那些轻轻松松走曲线的同行者身后。在我们人生的陡坡上，直线并不是最短的距离。能够使我们更快更省力地到达辉煌顶点的，或许是曲线。

秋天到了，父母和老师都劝我再复读一年，于是我又重新走进高三课堂，这一年我学习特别卖力，因为我不时想起打工的日子。我知道，打工的日子应该算是一段曲线吧。果然，在次年的高考中，我大功告成。父母、老师无不为我高兴。

曲径通幽，曲是一种便捷，曲是人生的一个大境界，在我们人生的漫长陡坡上，我们何妨不去轻轻松松地走一道自己的曲线呢?

编辑心语：

作者从自己的亲身经历出发，阐述了曲和伸之间的辩证关系，文章哲理深刻，说服力强。

走出阴影

征 军

无须再说什么了。生活就像那琴弦，至于是奏出动人的音乐，还是拉出噪音，全靠自己的意志和精神。挫折与磨难也许会使我们一时手足无措，但恰恰是那些在厄运和挫折面前，仍然让信仰坚定，让灵魂坚贞的人，才能真切地感悟生活，领悟生命，也才能寻求到生命的意义和价值。

第一次高考，我考得一塌糊涂。

在无奈中，我只得重上“高四”，与那群似乎还有些天真的应届生们同“挤”独木桥，只是，再没有了往日的沉静，更没有了往日同学的注目和老师的优待。有些异类的我被排到最后一排——一个被人冷落的角落里，一个被人忽视的地方，一个不被阳光普照的地带。我所拥有的只是老师的冷漠、鄙夷，同学的不解与疑惑，还有自己的怅惘和一颗伤痕累累的心……

为了治愈内心深处的伤痕，我曾下定决心，从往日的阴影中走出来，去打破那道冷冰冰的大门，去努力赢取老师的关注与爱心，去争取同学的真诚与友爱。然而，曾经的伤痕再次否决了这种努力。有一次，为了一道物理题，我求助于一名男同学。老师走了过来，我满以为老师会给予帮助，但他却丢下一句冰冷的话：“请别再次走入青春的误区！”然后就走了。走时还特别地盯了我一眼，我的心再次冰凉了。面对这位男同学满脸疑惑的问话：“老师刚才说什么？”我无言以对，我只有匆匆结束对他的请教，逃出了教室。

“老师，您知道吗？你不仅再次击碎了我进取的希望与信念，也伤害了这位无辜的男同学。只因为我曾经有过一次‘冲动’，我就万劫不复了吗？我就被认定是个只会给别人带来误区和坏影响的女孩了吗？”“老师，请给人一点信心和自尊好不好？我并不是您所想象的那样……”

我漫无目的继续向前走着，我也不知道我将走多久：伤心、失望、沮丧、失落，像沉沉重担压在我肩头，泪水早已模糊了我的双眼，远处的草、树木已是朦胧一片。

突然，悠扬悦耳的二胡声传来，我寻声望去，小溪旁，草地上，一个男孩正熟练地来回拉动着二胡。更让我吃惊的是，他的左胳膊没有手。二胡的琴弓绑在光秃秃的右臂上。在胳膊的带动下，抹、拉、抖、颤，一系列高难度动作，在他是那样的游刃有余，挥洒自如。

此时此刻，我的心境是无法用感动二字来描述的。与他相比，自己的这一点挫折与打击又算得了什么，而别无选择的他，依然在坚定地选择着，且选择着完美与至善之境。那么自己呢，是别无选择吗？不，自己的选择比之于他而言，不知要光明多少。

我一扫刚才的不快，快速地奔过去，对小男孩说：“请告诉我，你是如何走过这一段的？”小男孩很诧异，但旋即明白了我所指，他缓缓地说了开来，小时候的他很顽皮，有一次在玩耍中，不小心被高压电击中，被迫截了双手。对此，他一度也曾绝望过，甚至想到了死，但他最终站了起来，他开始拜师学习二胡。刚开始练习的时候，琴弓与胳膊怎么也配合不好，气得他老师好多天不理他。他没有放弃，继续练习，直到残存的胳膊磨出了老趼……他还告诉我，他想在明年的残疾人音乐会上捧得大奖。尽管不一定成功，但他会尽自己最大努力的。

无须再说什么了。生活就像那琴弦，至于是奏出动人的音乐，还是拉出噪音，全靠自己的意志和精神。挫折与磨难也许会使我们一时手足无措，但恰恰是那些在厄运和挫折面前，仍然让信仰坚定，让灵魂坚贞的人，才能真切地感悟生活，领悟生命，也才能寻求到生命的意义和价值。

在寂静的只有二胡声的小溪旁，我感悟了另一种人生，另一种追求，我对着蓝天发出心底的呼唤：命运，你看着吧，我不会在你面前低头的。我不敢断言我能获得多大成功，但我会拥有拼搏的过程，我会用自己的行动向那些世俗的偏见、那些冷漠的心扉挑战的。

我昂着头，充满自信地往回走了，身后的琴声回荡着，那样悠扬，那样美妙……

编辑心语：

曾经彷徨、无奈的心在经受一次心灵的洗礼之后，终于认清了这样一个道理，那就是：在暂时的人生低谷中要勇敢地面对挑战。这是难能可贵的一次人生体验。

简单地活着

佚　名

简单地活着，太不容易了。至少在今天，太难拥有复杂后的简单。以前说过，所有的平淡都孕育着辉煌，而所有的辉煌，都将归结于平庸。可简单不是平庸，是痛苦之后的彻悟，是一种醍醐灌顶。

简单的发型，普通得近乎寒碜的衣服，坐在低低的树杈上，在一树葱茏中微笑着弹拨吉他，歌声清爽得像偶尔撩起他前额头发的清风。阿牛笑眯眯地唱那句："你是我最简单的快乐……"不酷也不帅。画面切换，是一畦菜田和用于喷灌的喷泉，一个有一头秀发的可人的女孩和扮鬼脸的同样可爱的阿牛。

一直以为，这样的MTV是很经典的。没有复杂的构思，没有电脑做出的陆离场景。这是1999年做出的低成本Video，却干净得没有染上半点世纪末的纤尘。看阿牛的脸，看不出年龄，用传统的眼光看，甚至挺丧气的。可是只要看他笑，只一眼，你一定会为这么透明而写意的笑容而震惊。就像那种乡野小孩，却有天生高贵的气质似的，精灵得很。

那女孩看到阿牛把两片菜叶别在耳后（丝毫没有哗众取宠之感），很清灵地乐不可支地笑。

阿牛在菜田里笑着，像他穿的大裤衩那样邻家气，光光的脚丫显示出一种返璞归真的率性。简单的快乐，是否就像阿牛的歌那样？他不是校园歌手（像朴树那种酷到杀人的唱失恋、唱人生无聊的），我觉得他该叫菜园歌手，很cute，像深蓝背景上淡淡的烟。在这个矫情泛滥的时代，真实的东西自然就很precious了。

有一阵子，许美静的《城里的月光》很风靡，大概是由于听了使人心里宁静。世界一直在喧嚣，片刻的宁静自然如雨后阳光似的沁人心脾。

现在，又有阿牛带领我们寻找简单的快乐。不能说流行的都不好，这样能让人落得轻松，找到寄托，甚至发现真谛的音乐，很值得听的。

那首歌是在一个小雨天，家里只剩我一人时听的，其实很怕在另一个场景里再听到它，怕破坏那完美的最初印象。某时某地所体验到的东西，哪怕只换掉一个因素都有可能变味。好像以前在一个夏天的黄昏，雨霁之后，在习习凉风里听黎瑞恩的《那风吹》，听到那句“夏天偷去听不见声音”时，一时竟似失掉什么心爱之物一样酸酸的。以后再听就全然没有那种感觉，大概由于某个电扇广告很杀风景地把它用作背景音乐。偶尔也有例外——McLean那首献给梵高的《星夜》。他貌似平静却溢满激情的歌声伴着柔柔的木琴声，给人的感受可以用“震撼”一词，听后不知自己是感喟，是哀叹，还是哽咽。因为很喜欢，很喜欢，就翻来覆去地听这首《星夜》，觉得它好似梵高的那幅《星空》一样曼妙。那幅画是在疯人院里画的。如果不是由于那种疯狂中的理性，就没有那么美的《星空》。如塞尚和莫奈评价的那样，他只是一个灵魂。一个人以如此纯粹的灵魂过活，颇为不易，活到37岁就了结，于他而言或许是种幸福。后来在香港亚视拍的那部《我和春天有个约会》的片子里（其实拍得挺烂，不过情节很感人）有这样的场景，家豪因为难言之隐，眼看就要失去苦等他20年的小蝶，他打开唱机，放这首《星夜》，在McLean的声音从木质唱片中流淌出来的一刹那，我没理由地哭了。其实以前听了许多遍都莫名感动。大概这情愫酝酿久了，又碰到一个可以让人哭的电视情节。热爱一样东西，其实很要命的，就像我哭，也许不为别的，只为梵高这个名字。

现在再谈《星夜》，居然很平静了。我想不因为梵高，我不会这样喜欢《星夜》；不是《星夜》，我不会发现我迷恋梵高。

再回到阿牛的那首《爱我久久》，想起Sting也有过类似的歌曲——field sof gold，不过多了份经历激情之后的坦然。Sting以那种步入中年再回头看的心态，娓娓唱着，像说自己的一个老故事。阿牛的田和Sting的田其实是一样的。人生都是这样过来的：开垦，收获，回忆。这样竟追溯到很久了，像故事里老渔夫吐出的烟圈。

简单地活着，太不容易了。至少在今天，太难拥有复杂后的简单。

以前说过，所有的平淡都孕育着辉煌，而所有的辉煌，都将归结于平庸。可简单不是平庸，是痛苦之后的彻悟，是一种醍醐灌顶。我已过了初次简单的年龄，又离再次简单还遥远——我无法简单，无法停止太激烈的思想——于是，我听阿牛的歌，听他的那份简单。

编辑心语：

作者旁征博引，信手捻来，娓娓而谈，将自己对音乐和人生的领悟完美地结合在了一起。

心灵的归宿

孙 荣

是的，在人生中找准自己的位置，就能在人生中展现风采。即使你仅仅是一名普通的高中毕业生，即使今天的你依然稚嫩，依然单薄。承受过，选择过，这就是生活，这就是人生。

我来自一座偏僻的小山村，像许多挤“独木桥”的莘莘学子一样，我落榜了。

“漂泊就是对命运的抗争”，我曾经在一本书上看到这句话。我觉得我们这一代的命运应该不同于往辈。我不希望自己与父母一样，仅仅是为了填饱肚子，世世代代在同一时空中重复着同样简单的生活。我知道外面的世界也许很无奈，但一定会比这里精彩。

几番思虑之后，我选择了闯荡。远方也许会有些什么能安顿我那颗不肯安分的心。我辞别了父母兄弟，舍弃了本乡本土和熟悉的一切，带着平日省吃俭用攒下的2000元钱和满满一箱书，来到了南方一个商业大都市。

本以为那座城市很快就会接纳我，让我找到施展手脚的场所，但现实却远不像想象中的那么浪漫。我，在此时此地，几乎等于一无所长。“计算机”、“电子”、“建筑”……招聘广告铺天盖地，却都如出一辙，要的都是懂得实用技术的人员。

几近绝路之时，我“有幸”进了一家电线厂，一纸高中文凭，只让我比一般农村来的打工仔起点稍高一点——我当了班长。

然而，每天十几个小时的工作时间，让我几乎忘记了朝夕晨昏，每天都是带着满身的疲劳沉沉睡去，连思乡的滋味都没有时间和精力去体验。二十几个人挤在一间18平方米的宿舍里，上下铺的床，塞得满满的如沙丁鱼罐头，哪里还能放下一张平静的书桌？我的书箱一直不曾有机会开启过。在这儿工作就像一只陀螺，被鞭打得只能不停地旋转，而没有自己的方向。我想，这种生活，甚至不如面朝黄土背朝天的父母，我们起码还可以挺直腰板看看白白的云朵蓝蓝的天。我问自己：我向往的生活就是这样？在那座城市里所做的第二份工作是给一个汽车修理公司看仓库。但几个月下来我的雄心和梦想被击得粉碎，也让我清楚地知道，生存第一，哪怕是给人擦皮鞋，也得接受。

这之后，我又换了几份工作。这座城市，似乎一直不愿意接纳我。这里的喧嚣街道和夜夜笙歌，离我都十分遥远。虽然大都市的生活色彩斑斓，但同时也是欲望的沼泽。打工的坎坷、打工的无聊都使我有些厌倦。我在茫然中看到了这样一句话，“站错了位置是人生的一大悲哀，历来人们给李煜的评语是‘风流才子，误作人主’。如果不是历史给他开了个玩笑，让不擅统治术只擅艺术的他成为一国之君，他何至于成为误国误己的亡国之君？”我幡然醒悟：今天的生活给人们提供了更多的选择空间，我们对生存方式的选择，已从盲目被动转为自觉主动。应该问问自己，自己需要的是什么？

几年的闯荡告诉我，对于“情商”不高、不善在人群中周旋的我，也许去科研院所搞古代文学研究才是前行的方向。尽管古典在实用主义盛行的今天永远不会流行，但心灵对它的渴盼永不会枯竭。外面的世界虽然色彩纷呈，但未免眩人眼目。

现在的我，已经是长沙某大学学生了，并且已经在一些杂志上发表了几篇颇有分量的文章。

是的，在人生中找准自己的位置，就能在人生中展现风采。即使你仅仅是一名普通的高中毕业生，即使今天的你依然稚嫩，依然单薄。承受过，选择过，这就是生活，这就是人生。

编辑心语：

人各有所长，各有所短，只有扬长避短才能实现自己的理想人生。文章寓意深刻，耐人寻味。

生命之路

吴艳芙

生活其实就像石头一样，每一个人都有属于自己的生命轨迹，都有自己的人生纹路，寻找它，执著地奋斗敲击就会成功！

中考的失败似乎是早有预感、却又措手不及的事情。从学校走出的我面对茫茫的人海显得那样的单薄无力，面对母亲饱含泪水却又无可奈何的眼神，那年夏天我不得已站在小卖部的柜台前。

这便是我涉世之初的第一步。像许多青春年华女子一样，我骨子里依然有的是太多的“世事不平”。而不去真真切切地付出更多的努力。

在经过十几天的思想斗争之后，我决定当一个永远的打工妹，或许这是我当时逃避现实的最好途径，或许那个遥远的地方能够使我从迷茫中走出。

打工的生涯对我来说如表盘上的指针周而复始，单调而又枯燥。月薪又是那么的低，生活啊生活，我的梦想究竟在哪里？

接着是难熬的一个月，到了月底数着手中发下的几个钱，我怔住了，难道我所希望的梦想世界就是这样吗？

我再一次打了几个寒战，没过几天我辞了职。手中钱很快花完了，我一下陷入了孤立无助的境地，流落到街头小巷，流浪的日子不用说，是很辛酸，此时我最向往的地方，那就是我的家乡——生我养我的生命港湾。

也许是我的命好吧！我有幸碰到我的同乡，好心的他把我带回了家，但现实中的家并不是我想象中的那样温存、有安全感，也不是能遮风挡雨的港湾，毕竟我是个被社会淘汰、被家遗弃的人，这只是我个人的感觉。

一晃两个月的暑假生活结束了，以往的开学时间也到了，呆在家中万般无聊的我，看着一个个上学去的人，特别是与我同龄同级的人，我的心动了，而且很剧烈。在家中无所事事，又不想在这种氛围之中度过我的最美好的时光，虽然现实是无法改变的，但我们还可以慢慢来，千里之行始于足下嘛！我们还年轻，我们都拥有这个资本，还怕办不成事？经过老师们的开导、同学们的劝慰，我选择了中专的道路。

现在，我已与同学们坐在这间教室里学习，同时也体会到了“大家庭”的温暖与安全，但主要是学习，拼搏向上，我始终明白我比别人多一份责任，因为我比别人多尝了一点酸、苦、辣。但有时也会有甜，所以我一定要比别人多收一季的果实，此时，我最感激的人是爸妈，是他们让我重新扬起人生之帆。

生活其实就像石头一样，每一个人都有属于自己的生命轨迹，都有自己的人生纹路，寻找它，执著地奋斗敲击就会成功！

是的，只要我抓住了，就不会放手，永远不会，虽然机会对每个人来说是平等的，但是面对我们的又有多少个机会呢？

漫漫人生路，每个人都在负重前行，可是找到那条真正适合自己的生命“纹路”，又是一件多么艰难的事情啊！

但愿我能越过艰难，找到那条真正属于自己的人生之路！

编辑心语：

作者告诉了我们这样一个道理，那就是：生命不过是漫漫人生中一段挣扎着的旅程。文章语言干净利索，感悟透彻深刻。

那个夏季

张莎莎

眼前一个东西在动来动去。定眼一看，原来是一个蜘蛛，它正在织网。风一次又一次撞着网，刮得它像风中的树叶摇摇欲坠，可它仍然织着。不一会儿，雨落下来，把网打了一个洞。本以为它会另找一个地方织，哪想它又开始在那漏洞的网上继续织着。我应该振作起来，充满自信去面对下次的挑战。

每个人心中都有最欢乐、最痛苦的事。对于欢乐的事和痛苦的事，有的可能如烟而过，有的却刻骨铭心。

在我人生的旅程中，经历了一场让我十分刻骨铭心的事，就是那个夏季……

“叮铃铃……”

刺耳的铃声，使我整个神经绷紧了，最后一门课考完了，中考也随之画上了一个圆满的句号。独自一人徘徊到寝室，仅有两个人的寝室一片狼藉。原来是文和他妈妈正忙着收拾东西。

文见我进门，惊喜地说：“你回来了！怎么样，发挥得还可以吧！”

我无语，此刻天空下着淅沥沥的雨，它就是我心中所倾诉的言语。待了三年的学校今天就要离开了。

不管曾经对它有多少怨言，多少不满，此时早已化为乌有。

文的东西收拾完了，他要走了，我还是一句话也没说。他走过来拍拍我的肩，跟我道别。而我只留下一个苦涩的微笑目送他远远离去。

……

时间老人走得真快，转眼间中考分数出来了。那天晚上，我独自一人坐在窗前，看着皎洁的月光，想着自己的成绩，如果考得不理想，进不了梦寐以求的学府，我该怎么办？到那时该怎样面对那望女成凤的父母，怎样面对亲戚朋友的目光？

第二天黄昏的时候，我邀同学一块儿去了离开十几天的学校看分数。学校里还是老样子，没多大变化。只是拿分数的老师，还没有来。我们就在那儿等。不多久，老师来了。我们都匆匆去看分数，希望早点知道自己的成绩。

看着那印得密密麻麻的分数表，我的脑海一片空白。以至从第一名到最后一名，还没有我的名字。于是，我又重新仔细找了起来。终于，在那十几名的位置找到了三个熟悉得再也不能熟悉的字——张莎莎。马上闭上眼，心里如揣着一只兔子一样“咚咚”跳个不停。我怕，我的心一下子提到了嗓门。我慢慢地睁开眼，瞥了一下分数，接着又瞪大眼。仿佛胸口有块大石头，压得我喘不过气。不记得当时的我是怎样回家的。

家里，父母正在看电视。我一头扎进房间，趴在床上痛哭起来。父母已站在房门口，心里可能明白了一切。本以为他们会骂我，哪里知道他们还安慰我，心里更加难过。

晚上，万家灯火通明的时候，我还在房间里，苦涩的泪水流进我的嘴里，我心如刀绞。想当初，如果再努力一点也不会发展到今天这地步。我还有什么话可说呢？只有悔恨。

突然间，有一个奇怪的念头萌生了。我想到一死了结。我太对不起父母了，绞尽脑汁写了封遗书，可刚写完，又撕了。父母辛苦拉扯我十几年，我怎能一走了之。他们的养育之恩，我还没报呢！于是打消那个念头。接下来几天，我一直待在房间。父母劝我出来走走，我勉强应允了。

外面太阳好刺眼，空气好闷热，树叶无精打采地低垂着，我一个人慢慢地走着。忽然，路上阴暗起来，一阵风吹来，又一阵风吹来，树枝狂舞起来。夏天的天气——小孩子的脸，说变就变。

我急忙找了一个地方避一下风。眼前一个东西在动来动去。定眼一看，原来是一个蜘蛛，它正在织网。风一次又一次撞着网，刮得它像风中的树叶摇摇欲坠，可它仍然织着。不一会儿，雨落下来，把网打了一个洞。本以为它会另找一个地方织，哪想它又开始在那漏洞的网上继续织着。

我不禁惊叹起来。眼前这生灵居然顽强地跟自然搏斗，它应该知道它是斗不过大自然的。

我又想到自己，为了一次失败，居然自我消沉。就在那一瞬间，我发现：我不是中考的幸运儿，但它留给我的却是一时的伤痛。它将成为我人生路上的一个警示钟。我应该振作起来，充满自信地去面对下次的挑战。就像鲁迅先生曾经说过的那样："不在沉默中爆发，就在沉默中灭亡。"我要在沉默中爆发。想着，眼前一张更完美更牢固的网展现在我面前……

编辑心语：

看完这篇文章我想到了威灵顿将军，因为受到蜘蛛结网的启示，他没有选择放弃，最终在滑铁卢一战中彻底击垮了拿破仑，赢得了最后的胜利。作者也是这样，面对中考的失利，有过徘徊，但却没有消沉，重新鼓起勇气投入了全新的战斗，因为失败是成功之母。

远方的呼唤

陈　明

“远方”永远是一帧美丽的风景！追求“远方”永远有无尽的快乐和幸福！

我家住的村子除荒山之外还是荒山，层层包围，好像永远也找不到出口。在那里，人们的生活方式、活动甚至思想都不同于城市，且远远落后于现代文明。由于交通不便和信息闭塞，乡亲们根本不知道外面发生的变化，除了劳作之外，闲暇的时间便估摸外面生活的色彩，这是一种悲壮而又难以改变的相承，只能一代又一代、深一脚浅一脚地往前迈……

我的命运也和这座小村庄紧密相连。记得童年时最灿烂的梦想就是跑出这里的大山，到“远方”去看看村庄以外的风景。当时“远方”的概念总是包含着新鲜、美好……毕竟那时太幼稚了，童年的眼光简单而又充满着好奇。小时候格外珍惜来之不易的学习机会，也许这种学习动力源于某种“远方”的召唤。后来如愿以偿，我跨进了市重点高中，在那里重新奋斗和寻找人生的新起点。“远方”已经很清晰地呈现了——高楼大厦，宽阔、平坦而又繁华的柏油路，闪亮的街灯……我真切感觉到外面世界的缤纷和广阔，对比农村的种种闭塞和落后，我更加强烈希望自己到更辽阔的天地去发展。于是，“远方”不是带着神秘色彩的天国，而是一条靠汗水铺筑的艰辛之路……

生活的道路总是曲折的、崎岖的，为着崇高理想奋斗着的人总要经受或大或小的考验。在高中三年，尽管我学习很刻苦，并时时提醒自己为“远方”而拼搏，但还是走了一段弯路。

我曾幼稚地认为，用自己独特的方式走向“远方”更为潇洒，于是无可救药地爱上了文学，达到了痴迷的程度，组建文学社，编办报纸，采写稿件……炽热化的忙碌反而让我感到欣慰，偶尔有几篇稿子见刊见报就很骄傲，以为自己踏进文学殿堂指日可待……

然而所有的一切都归于徒劳。由于省里取消了保送生的制度，我的文学特招失败了（重庆某大学曾有意录取我为免试保送生，但最终未成）。参加高考，又败下阵来，连降了又降得最低录取分数线都达不到……一阵阵打击向我袭来，我从来没有遭遇到人生这么可怕的阴霾，这一次我跌得太重、太狠了，众多师长的惋惜徒增我的麻木，像一个孩子丢失了珍贵的东西，我失去了“远方”……

收拾行李离开城市那晚，我独自爬上了市中心的商贸大厦，俯视着下面来来往往的车辆，真是感慨万千。

回想我走过的路，我的抱负和追求，我感到黯然、无奈……想当初我是从农村红土地走出，如今折腾了一番又回到原点，那份伤感真是无以复加。为什么仍然找不到新的起点？我感觉自己尽管靠她那么近但仍无法停留，对于那座城市我只是一个匆匆过客……我好像成了世界上最失意最无助的人。

我再也没有勇气回到那座村子了，就因为那熟悉的村庄有着太多期待的面孔。我甚至想过到外面当流浪汉。

再后来，有一所专科学校录取了我，属于第四批的，但我还是放弃了，我最终选择了广州残疾者英语培训中心。带着不向命运屈服的毅力和信心独自一人到广州求学（到广州之后才感觉到上高中的那座城市原来也很小），又开始了我走向远方的漫漫征途，我又感到“远方”在召唤着，那是没有门的城，街灯在不停闪烁……我想，也许人生就像一段路程，要不断向前看向前赶，沿途才会有绚丽的风景。

“远方”永远是一帧美丽的风景！追求“远方”永远有无尽的快乐和幸福！

编辑心语：

既然选择了远方，便只顾风雨兼程。远方是作者心灵的一个归宿。

珍惜

马付才

开学已将近两个月，迎着秋风我又回到了学校，重新拾起了课本。经历也是一笔财富，挫折也能给人以启迪，遭遇了这短暂打工经历中的骗局，我已知道了该怎样去珍惜这来之不易的学习机会。

19岁那年我高考虽然落榜了，但是因为年轻，我对未来仍充满了希望，对外面的世界充满了幻想。父亲和母亲对我说，这次没考上还有下次，你去复读班吧。我说，我厌倦了读书，说什么也不想去那鬼课堂。

9月，我的同学们有的背起行李去了远方的大学，我的固执使父母无可奈何，在他们哀怨的叹息声中，而我怀揣着400元钱来到了城市，充满了好奇，充满了美丽的梦想。可走到川流不息的城市大街上时，我傻了眼：偌大的一个城市，我能干些什么呢？又有什么工作能让我去干呢？

就在我的心逐渐冷却、失望的时候，我发现，在一些偏僻的街巷中，有许多介绍职业的信息部，一间小屋，一张办公桌，一部电话，除此之外，就是在门口处的一张张大黑板上写着的各种各样的招聘信息。我看上面，有招工人的，有招文秘的，有招业务员的，甚至还有招经理的。只要你想找什么样的工作，就有什么等待着你。听别人说，这种信息部大都是骗人的，但无所事事的我在这些信息部门前徘徊久了，终于没有承受住黑板上所写的那么多好工作“虚位以待”的诱惑。

第二天，我走进了一家名为“万达”的信息部里面。信息部里面只有一个30多岁的女人，一见我进来，忙笑眯眯地站起身，说：“是来找工作的吧？”我点点头说：“随便看看。”她问我：“想找个什么样的工作？我看你文质彬彬的，适合做个办公室文员，正好有一家公司要招一名办公室文员。”她怎么也不问问我是啥学历，能不能做一名办公室文员？不过，当时我一听她说有这么好的工作也没考虑这么多，我的心动了，于是顺口问她："是哪个公司？"

她一笑，说："现在还不能告诉你。如果你在这儿报了名，你就可以去那个公司上班，如果你在那儿干着不合适，我们信息部还可以介绍你到别处去上班，直到你满意为止。"

我半信半疑，心想，哪有这么好的事在等待着我？她看我迟疑的样子，从身后拿出了工商局发放的营业执照，说："我姓李，我不敢说别的信息部可靠，但'万达'却敢说让你一百个放心，'万达承诺，只要你报过名，这个单位不如意，再给你介绍别的单位，直到你满意为止。"

听她这样肯切，我的怀疑消失了不少。况且，看这位"李经理"淡淡着妆，衣着得体，显得干练又和气，心想，我们来这儿的打工者，大都是走投无路了才来这儿，她又怎忍心欺骗我们呢？

我打消了疑虑，问："报名费多少？"她说："300元。"我吃惊地说："这么多？"说完我做出要出去的样子。这位"李经理"忙说："你是学生吧，学生来找工作有优惠。""优惠多少？"我问，"学生优惠50元。"她说。

我说："我是学生，可我没带那么多钱。"经过一番讨价还价，我交了180元报名费。"李经理"把我介绍到一家经营纺织品的公司，公司挂靠的是纺织局，后来我才知道公司是被一刘姓经理承包了，自主经营，自负盈亏，但由于公司经营不善，早已资不抵债。"李经理"把我介绍过去的时候，公司早已停止了经营，刘经理也整天很少露面，里面只有四五个四五十岁的员工，由于无事可干才每天凑到公司聊聊天、打打扑克。第一天早上我坐在那儿就感觉不对劲儿，但没想到公司已到了不可救药的地步。第二天我早早来到了公司，公司一位姓周的老职员看到我摇摇头，看看四下无人他才说："小伙子，你是被'万达'那个女人骗进来的第八个打工者了，听说她介绍一个到这儿给刘经理50元，公司就要倒闭了，我们岁数大了没事可干，你还年轻还是去别处找个出路吧。"

我恍然大悟，谢过他之后怒冲冲来到"万达"。"李经理"一见我显得有些慌乱，显然她想不到我会这么快又回来找她，满脸堆笑地说："你今天怎么不上班？"我说："我正要问你呢？我是第几个被你骗到那个公司的？”她想不到我知道这么多，忙说：“那个公司情况我也不太清楚，如果你不愿意去，正好另一家单位需要工作人员。”我听她口气软了，也知道到了她手中的钱难以要回，只盼她给我介绍一个不错的单位。就说：“这个单位不是又要倒闭了吧？”“哪能呢？这个单位效益可不错。”

“李经理”又把我介绍到了一家装修公司。“李经理”带我去那天，公司正好承揽了一家酒店的装修业务，正要找人去施工，公司的老板孙经理说：“小马今天你就跟着施工队去酒店干活吧”。

在这家酒店施工了一个月，这一个月我早来晚走，由于不会干技术性的活，只好给别人打下手、卖力气、跑跑腿，成了这个施工队的勤杂工和搬运工，每天都把自己弄得灰头灰脸，衣服整天脏兮兮的，在一起干活的人都说：小马干活真实在。我想苦点不怕，多干点活给别人留个好印象，领工资时心中才踏实。谁知，发工资时孙经理说我是学徒工，没工资，半年学徒期满才有，我一听傻了眼，“李经理”曾说每月500元，现在一分钱也没有。孙经理又强调说，那是学徒期满以后的事，现在不收你学费就不错了。

当时我的泪就下来了，干活时尽是盘算如果挣了钱该买什么，现在累死累活干了一个月才知是一场空，我终于明白了，“万达”的“李经理”和他们早就串通好了，她收介绍费，他们雇了不花钱的劳动力。看我可怜的样子，施工队的队长把孙经理拉到一边说：“孙经理，这娃怪实在，没少干活，就给他个生活费吧。”

孙经理从口袋中掏出100元钱说：“别哭了，这个月先给你100元生活费，想干，留下，不想干，走人。”我真想把这100元摔到他脸上，可我已快分文皆无，况且，我这一个月的血汗钱又不仅是这么多，我为什么不要呢？

再回头去找“李经理”只有被她骗得更苦，我终于明白，生活中，仅有梦想是不够的，没有一技之长，没有充分准备，连出去想打个工也要受骗、受气。

第二天，我收拾好了行李又回到了乡下，是10月下旬了。开学已将近两个月，迎着秋风我又回到了学校，重新拾起了课本。经历也是一笔财富，挫折也能给人以启迪，遭遇了这短暂打工经历中的骗局，我已知道了该怎样去珍惜这来之不易的学习机会。

编辑心语：

苦难的经历让“我”懂得了珍惜现在的拥有，文章告诉我们：挫折也是一笔难得的财富。

怀念狼

刘建山

我怀念狼，却不知道它现在是活着还是死了，也不知它离开我后活了多久，会活多久，走向何方？虽然时隔十几年了，对狼的思念却与日俱增。

我怀念狼，难忘与狼同路：狼是通人性的，人有时也是通狼性的。

14岁那年，我还生活在农村。我们村子有条小路，小路边有我家大片的麦地，另一头连着我的家。

一个盛夏的午后，正赶上麦收时节，我独自到麦田割完麦子，手中提着把锃亮的镰刀踏着那条小路往家赶，当时天色渐渐暗了下来，走在那条幽静的土路上有些孤单。

土路窄而长，路的两边长满了铃铛刺和密密丛丛的灌木，它的宽度大约仅有3米多吧！但它很长，中途还有好几个岔道。想回家，必须得通过这条普通的小路，才能从麦田直达我生活的村庄和家。

随着夜色渐浓，我所能看清楚的，便是我手中那把晃来晃去的镰刀，也许是干活累了，走得没精打采，我的脚步声几乎小得连自己也听不到，可就在不经意间，我突然看到了令我昏厥的一幕，我简直不敢相信自己的眼睛，因为一只狼与我近乎同时抬起了头，我与狼不可挽回地照面了，双方都停下了行走的脚步，绕过对方或逃走已经是不可能了。此刻我大脑一片空白，两眼死死地盯着那匹狼，狼也从头到脚看着我，由于天已黄昏，我看不清狼的皮毛有多么肮脏或者多么润滑油亮，唯一能看清的便是狼的那双眼睛，略略泛着绿光，但没有恶意，它的目光可怜兮兮，跟乞丐似的，像是在乞求什么。从它的影子看，很瘦，肚子瘪瘪的，活像一副没支稳的骨头架子，但我不敢蹲下来瞧它是不是一只受伤的狼，是只公狼还是母狼，我怕它咬断我的脖子，就这样狼上上下下打量着我，我从头至尾注视着狼，谁也不敢挪动半步，甚至不敢抖动一下自己的身体，生怕引起对方的攻击。在沉寂中足足对视了半个时辰，那狼却紧靠着我悻悻地走了过去，经过我时，我们还对视着，几乎就是在一米远处狼与我擦身而过，我却没有退后半步，这时我看清了狼的一切，它并没有受伤，只是身上的毛像秋草一样乱而泛黄，好像有几处脱了毛似的。在那一刻，我感到世界停止了运动，生命似乎也凝滞了下来，我想我完了，却怎么也叫不出声来呼救，我知道一切都是徒劳，我只能等狼吃了，它有足够的力量战胜我，可我又感到那匹狼在乞求我：你让我吃了吧！我已经好几天没吃东西了！

就在那一刻我感到了狼的孤独，也感到了自身的孤独、恐惧与无助，那正是我在人群中的孤独。然而我们注视着对方，慢慢拉开了距离，避免了一场生死血战。狼走了，头也没回。我一直站着没动，注视着它走到了那条小路的尽头，又看着它爬上了那个陡陡的大土坡，才松了口气，匆匆迈开脚步朝家跑，这时我发现拿镰刀的手已渗出了许多汗。回家路上我边跑边想着父辈们曾经讲过的许多关于狼的故事，以前我不怎么相信故事中的情节，但有一点我知道，狼是会吃人的东西。然而，我却经历了一次与狼同路，并幸存地活着回家了。

从那以后，我常想起那匹狼，我至今都在想，狼当时为什么没有吃我？难道是它看到我手中的镰刀胆怯了？还是不忍心张口吃了当时还小的我？我想不明白，因为那是狼的事。但它那时的目光与瘪瘪的肚子却使我至今记忆犹新。

我怀念狼，却不知道它现在是活着还是死了，也不知它离开我后活了多久，会活多久，走向何方？

虽然时隔十几年了，对狼的思念却与日俱增。

十几年后的我生活在了一座喧闹的都市，可每当我回到那块故土，总要到那条古老的越来越窄的小路上走走，梦想或许还能碰到那只狼。然而没有，也不可能。

我常想，一匹狼能活多久呢？它的路能走多远？它离开了狼群后，还会有威力吗？能生存吗？

我怀念狼，难忘与狼同路。狼是通人性的，人有时也是通狼性的。

编辑心语：

文章通过对狼的描写说明了凶恶的狼也有善良的一面，同样，我们善良的人类也有邪恶的存在。文章思想辩证，哲理深刻。

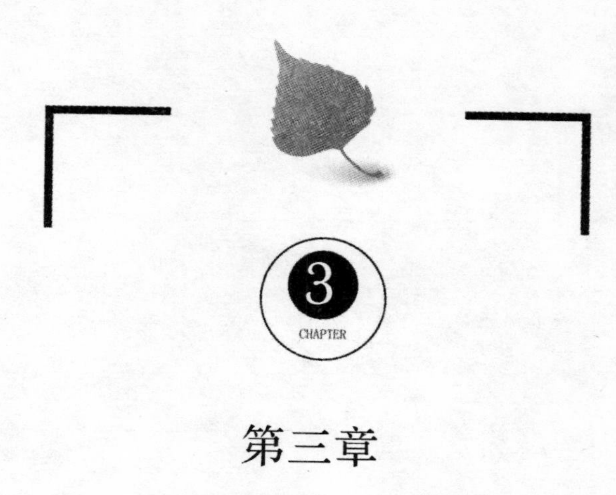

第三章 牵 挂

慈祥的母亲手里拿着针线，缝制着衣服给将要出外远游的孩子。在孩子出发前夕，慈母还在细心地一针一线缝着，心里却恐怕孩子会很迟很迟才回来。谁又说孩子幼小的心灵，能够了解慈母的苦心，能够报答像三月的阳光那么温暖的爱呢？

母亲节的礼物

甘　霞

那天，是我17年里最勤快的一天。我帮妈妈干了一切力所能及的活儿。妈妈虽然不停地说："别累着，快去看会儿书。"可我发现，她苍老的脸上始终带着欣慰，带着笑容。

我的家在农村，记忆里，除了春节、端午和中秋，再没有节日好过了。

后来到城里读高中，我发觉城里人三天两头过节，什么"情人节""愚人节""圣诞节"，每个节日的到来，都能在同学中刮起一阵不大不小的旋风。

这不，"五四"刚过，舍友们又忙着逛礼品店和百货商城了。我心想：又要过节了吧？果然没错，原来是"母亲节"到了。

"母亲节?"得到同学的"指点"后，我愣住了。365天中居然还有个母亲节？长这么大了，我只知道我过生日时，妈妈很早就起床给我做寿面；只知道"六一"前一天晚上，妈妈在灯下为我赶做新衣；只知道中秋时，妈妈怕我想家，跑到十里外的乡政府给我往学校打电话；只知道……我怎么就不知道天下还有个"母亲节"，原来妈妈也要过节日呀!

愧疚的泪水流到嘴边。我咬咬牙，装出一副病态，向老师撒谎说我病了。我一定要回家，让妈妈也过个快乐的母亲节!

快乐！我怎样令妈妈快乐？贵重的礼物我买不起，仅有的几元钱又怎能买到称心的东西？再说我的生活费来之不易，妈妈怎么忍心让我因她而"破费"？因为，我的一分一角也都是妈妈的血汗钱呀。在回家的车上，左右为难的我思前想后，琢磨了一路，仍是两手空空地回到了家。

妈妈见我回来，明显有些惊喜，问我为什么回来了，我撒谎说学校开运动会，没我的项目，所以回来看看。妈妈急忙到厨房做饭，为我接风。我拦住她说：“妈，别忙了。歇会儿!”说完，我转身到厨房，狼吞虎咽地吃下了剩饭剩菜。妈妈看我美滋滋的吃相，指着我的头笑骂：“又不注意身体!”说完又拿出我带回的脏衣服。我急忙迎过去：“妈，你别忙了嘛！我自己洗，您快歇着去!”妈妈有些惊奇了，懒女儿怎么一下子变得这么勤快了?

那天，是我17年里最勤快的一天。我帮妈妈干了一切力所能及的活儿。妈妈虽然不停地说：“别累着，快去看会儿书。”可我发现，她苍老的脸上始终带着欣慰，带着笑容。

妈妈没问我为什么这么勤快。因为她知道女儿的内向，知道这么些年，女儿从不向人打开心扉。

我也没向母亲说破那天是“母亲节”。我觉得只有城里人才注重这些花哨的形式，说出来，妈妈反倒不自然，反倒觉得面前的不是她的“老实”女儿。

就这样，我陪妈妈默默地过完“母亲节”。晚上，闲着没事，我取下了日历牌翻看。就在我正要翻第一面时，我呆住了！洁白的纸页上，“母亲节”三个字赫然映入眼帘。妈妈肯定看到了，妈妈一定知道今天是“母亲节”，因为日历一向是她撕的呀！一种被理解被宽容的感觉涌上我的心头，眼泪忍不住溢满眼眶。妈妈太了解女儿了，她知道女儿在默默地为她过“母亲节”。于是我用红笔，为“母亲节”圈上了花边，等妈妈再撕日历时，她会看见的!

第二天，我要返校了。临走时，我特意望了一眼墙上的日历，圈了花边的三个字还在。是妈妈忘记了撕掉这页日历，还是她舍不得这一天如此之快地飘然远去?

妈妈一直把我送到车站，直到我上车，母女俩都未曾提起“母亲节”这三个字。但是如雾般的亲情弥漫在我与妈妈之间，浓浓的，甜甜的，暖暖的，血脉相通的两颗心就在无言中向对方挥动了告别的手。

编辑心语：

文章语言朴实，情感真挚，凸现出了作者对母亲的爱。

油灯下的母亲

简 飚

记忆里，孩提时顽皮的我非要母亲睡在身旁才肯睡，所以每晚我都看着母亲照完了蚊子，吹灭灯，然后才躺在母亲身旁，脸向着她，一双小腿淘气地伸到母亲的大腿上，很快，我就进入了梦乡。次日早上，我总爱取出煤油灯的灯囱，数数灯池里面的蚊子，一只，两只，三只……

每当手持点燃的蜡烛，我就会情不自禁地想起煤油灯下的母亲。

天全黑了，母亲才拿出如手电筒大小的煤油灯，用火柴点燃。漆黑的厅堂顿时有了光明。虽然火光只有豆大，透过近似圆柱形的灯囱发散着柔和昏黄的光芒，但每到点灯时，我的心情都特别的雀跃，因为我可以在灯下继续看白天没看完的小人书，还可以和邻里的同龄伙伴在厅堂追逐、嬉戏。我家只有两盏煤油灯，且有一盏的灯囱还因为我不小心摔掉缺了一个口。一般情况下，如煮饭和吃饭时，只在厅堂点盏灯，仅在烧菜时再在柴房亮一盏。

吃饭了，母亲先用手轻轻转动一下灯旋钮，看着火光略略亮了一点儿，然后拿掉玻璃灯囱，用一根小蕨梗在火焰左右柔柔拨两下，火光又微微亮了一点儿，然后再将灯囱罩上，并叫我吃饭。在融融的火光下，虽然桌上只有豆豉和青菜，偶尔才在豆豉里拌上腐竹，可每顿饭我都吃得很香。

母亲吃饭时很少开口言语，不像爸爸有说不完的话儿。只是在爸爸从县城买回鱼时叮嘱我要小心，不要连鱼带骨一齐吞下。每次我抬起头望母亲，总见母亲不是在慢咽细嚼，就是用带着慈爱的目光看着我吃饭。灯光映照下的母亲脸庞微红，始终如一的齐耳短发乌黑如云，散发着一种强烈而温暖的女人味儿。投在墙壁的母亲的影子高而大，随着跳忽的灯光而晃动。不知为什么，小时候的我总爱母亲乌黑的头发和高大的影子。母亲总是慈爱而高大的——一种潜意识的感觉早已深植在我稚嫩的思想里。

孩提时，母亲在我的眼中是高大秀丽的，在我的心里又是慈祥而和气的，特别是灯下。乡下人家，由于没有电，吃晚饭后不久就关门就寝。我家也一样。夏天临睡前，母亲总是拿着煤油灯，放下蚊帐，在帐内捉一趟蚊子。在我们乡下，这叫“照蚊子”。母亲穿着无袖背心，露出粗圆的胳膊。宽大的肩膀有一般农村妇女的特征。腰与背跟肩等大，没什么曲线，像熊腰虎背。虽然如此，我仍然觉得母亲很美。煤油灯下，母亲胳膊上的柔润，红里透白，在一旁的我常常嗅到一种可让我感到温暖而安全的气味。这种气味，送我进入多少个甜蜜的梦乡。母亲擎着煤油灯，半躺在床上，眼睛则随着灯的移动在寻找蚊子的踪影。待看见有蚊子停靠在帐网上，便小心翼翼地将煤油灯凑过去。等到快靠近蚊子了，就稍微倾斜一下灯，让灯囱口对准蚊子，继续凑过去。说时迟，那时快，母亲已将灯囱口贴近蚊子，伴着“扑吱”一声，蚊子已被煤油灯的热气炙死，跌进囱里。然后母亲又移开煤油灯，继续寻找下一只蚊子。

记忆里，孩提时顽皮的我非要母亲睡在身旁才肯睡，所以每晚我都看着母亲照完了蚊子，吹灭灯，然后才躺在母亲身旁，脸向着她，一双小腿淘气地伸到母亲的大腿上，很快，我就进入了梦乡。次日早上，我总爱取出煤油灯的灯囱，数数灯池里面的蚊子，一只，两只，三只……

编辑心语：

作者对母亲的感情非常朴素，一笔一画都让人感动。

喊一声娘

刘银梅

远离家乡的日子，我总情不自禁地回想起那油灯下映着的母女的剪影，总是在梦里一次次梦着娘，喊着娘，再看着她笑盈盈地把我的书包接过去……

喊一声娘啊，仿佛找到依靠；

喊一声娘啊，心里竟也沉沉的。

我一直管母亲叫娘。

“娘，我回来了。”小时候，脚刚踩着门，就脆生生地喊着。

“回来啦！”娘应着，接过我手中的书包，“今天老师又教啥了？”

“教了可多呢！”蹦跳着，拉着娘的手，欢快劲儿甭提多足。

那时，我跟娘特亲。谁让我娘那么好呢，不打人，不骂人，会做许多好吃的，还会每天给我编不同的麻花辫，招得伙伴们眼馋着呢！

“这豆呀，是我娘妙的，香着呢！”

“这鞋，是我娘新做的，好看不？”

……

娘还是那时村里唯一的读完小学的女人，娘好让我自豪。

10岁那年，我转到镇上读书。一切都变了。那里的孩子都管母亲叫妈妈，而不喊娘，女孩子的麻花辫上扎的是漂亮的蝴蝶结，而不是褪了色的红头绳。我的快乐、骄傲，仿佛一下子全没了。语文课上，老师让我们说说自己的妈妈。轮到我时，我说，“我娘是——”许多人一下子“扑哧”地笑出声来，我不知所措，愣愣地站着，惶恐和尴尬爬上了脸颊。

“我娘是——哈哈”，一下课，几个男生冲着我起哄，女生们偷偷笑着，怪怪地看着我。

我窘极了，那一刻，我突然好希望也有个“妈妈”。

那天，我很晚才回家。娘伸出手来接书包时，被我生生地推开了。闷闷地拿出作业本，泪水已噙满了眼眶。屋里一片寂静。“哧！”娘轻划着火柴。灯亮了，锅揭开了，粥的清香在热气中弥散开来。

……

“娘，多给我些米。”以前这个时候，我总拉着母亲的衣角嚷嚷。“莫吵，莫吵”，娘笑着，用圆勺捞些米添放在我碗里。

……

“梅子，今天你咋啦？”娘终于放下勺子，小心试探着，“跟同学吵架啦？”

我低蒙着头，眼泪却禁不住“吧嗒”地落到本子上。

“——做错事挨老师批评啦？”

……

“为什么别人叫妈妈，我却喊娘？”我再也忍不住了，白天的委屈在泪水中奔涌而出，“你不知道，他们都笑话我——”

娘，沉默了。

我哽咽着，桌角湿了一大片。

那一晚，油灯一闪一闪的，很微弱，娘跟我说了很多，娘说咱们家穷，叫妈妈，别人会笑话的，还说虽然穷，但自个儿要争气。

我不知道自己是什么时候停止哭泣的，但就在娘为我擦干眼泪时，我知道了有些事情我必须接受，而有些事情我是可以改变的。

从那以后，我开始用功读书，娘也每天晚上伴着我，给我检查作业。娘检查我背书，特认真，一个字都不准落。我的成绩出奇地好了起来。

我又如往日般快乐了，响响地喊着娘，娘前娘后地转着。

如今，远离家乡的日子，我总情不自禁地回想起那油灯下映着的母女的剪影，总是在梦里一次次梦着娘，喊着娘，再看着她笑盈盈地把我的书包接过去……

喊一声娘啊，仿佛找到依靠；

喊一声娘啊，心里竟也沉沉的。

编辑心语：

亲情是一个永恒的话题，文章前后呼应，耐人寻味。同时语言也有一种节奏感。

牵 挂

赖玉凤

爱情可以化永恒为云烟一去不回，友情也可能因承受不住任重道远的负荷而随波逐流，唯父母情亘古不变，即使用愤怒、孤独把它伤害得淋漓尽致，但它依旧不改为我牺牲的初衷，做我朝朝暮暮的守候。

小镇的汽车站到了，父亲刹住车帮我拿下行李说：“到了学校给家里打电话，别老让你妈担心。”这是走了十几里山路后父亲说的第一句话。我应了一声，父亲就再没开口，只是默默地看着车来的方向，手中拿着我简单的行李。我从侧面看了一眼父亲，内心一阵酸楚。父亲又瘦了许多，由于常年的劳累奔波，所以父亲没有胖过，此刻我却要远离家乡去读书，他那本已布满皱纹的额头不知又要爬上几道皱纹了。我忍不住又看了一眼父亲日趋消瘦的身躯，我担心他会被艰辛的生活压垮。

车来了，我跳上汽车，父亲在捆得结结实实的行李上又仔细察看了一遍，挨个儿拍拍，这才递给我。我站在车门口，等着父亲还有什么话，但他只是眯着眼睛看了看我，终于没有说一句话。车开了，父亲还站在那儿，直到变成一个小黑点，被汽车掀起的漫天尘土裹住。

我蓦地感到父亲的衰老，老得让我心痛，老得让我自责自己的长进不快。望子成龙，望女成凤是每个父母的心愿。可是成了龙凤又怎样？上了天还不是“呼”的一下飞走了吗？

每天，在大街小巷都会遇上父亲般年龄的人。他们匆匆忙忙的脚步声，为自己的子女弹奏进行曲，他们隐忍的愁苦，有多少是为自己？父辈们不容易，那一手的趼，一腔的苦楚，一颗不堪重负的心，把他们的日子包藏得严严实实。父亲何曾不是这样？天下的父亲都是一样呵！

在这种默默的爱意里，我一天天长大。

我知道父亲工作很累，头顶星辰而出，身披月色而归，有时甚至要在外露宿，特别是刮风下雨时路又滑又粘。每一个雨天我都心惊胆战，心里不断地为父亲祈祷。有时天气好好的却也弄得三更半夜才回得来，回到家时全身都是油味，衣服黑糊糊的洗也洗不掉。深夜回来时饭菜又凉了，妈就为他煮面。这时，我们姐弟几个就会很懂事地爬起来为父亲驱除一天的疲劳。这或许是父亲感到最欣慰的时刻了。

父亲对我们很严。好多次，我真的很想向他倾吐自己对他严厉管教的感激，但虚荣和矜持使我无言凝视着他的苍老。尽管我们都彼此交谈，却谁都不愿先开口，这是中国人的特点，含蓄奔放的感情很少外露。

爱情可以化永恒为云烟一去不回，友情也可能因承受不住任重道远的负荷而随波逐流，唯父母情亘古不变，即使用愤怒、孤独把它伤害得淋漓尽致，但它依旧不改为我牺牲的初衷，做我朝朝暮暮的守候。

看过很多写父亲的文章，这无疑是对父亲的一种回报。对父亲，我们满含觉悟，写成天下最长的文字，也未必能表达这份爱。唯愿把这些凝固成文字的情和爱，换成行动，让我们用心用真诚，滋润他们衰老的心。面对父辈，我们一直生活在遗憾和悔恨中，而避免这种“痛苦”的最好药方就是浅浅地付出真情。

远在天涯的人，时时牵挂一方土地吗？不是的，不过是故乡的几个人把我们牵扯罢了，特别是为我们付出了很多的父亲！

编辑心语：

正如作者所说，写成天下最长的文字，也未必能表达对父亲的这份爱，只有把心底的感激换成行动，才能滋润父亲衰老的心。

爱的定格

佚　华

父亲走了，一步一步，蹒跚而去。我的心里突然升起一种莫名的失落和空虚。那件旧棉衣，那弱不禁风的背影……正在我心中永恒定格。

有一份情，时时潮湿着我的记忆；有一份爱，常常让我激动得热泪盈眶。

我骄傲，我自豪，我感激，为拥有父亲给予我的无限真情。

记得还是念初三的那个冬天，天空飘着雪花，北风呼呼地嚎叫着，吹到脸上像刀割一样。我把仅有的两件毛衣、两条运动裤也穿上了。可是，坐在教室里，手和脚仍像搁在冰窖里一样，冷酷无情的寒气直往衣服里钻，一直钻进我的心坎里。我好冷，好想哭，鼻子酸酸的……我多想穿上暖和的大衣和暖暖的棉鞋。然而，我不能，因为我家离这儿好远，并且还是个贫困户……

中午，有人叫我，说我父亲来了。这是我做梦也没想到的，我惊喜地冲出教室。

远远地，我看见了——一个肩扛着布袋，在寒风中瑟瑟发抖的老人，瘦小的身材，显得那样弱不禁风。此情此景，我真的不敢相信这就是我40多岁的父亲。我缓缓地移动着沉重的脚步，心里好沉，好沉。

“华。”父亲看见了我，向我走来，北风牵扯着他那洗得发白的旧棉衣，雪花打着转儿落在他的棉衣上。

“爹。”我紧跑几步。

“呵，总算等到你了。”父亲笑着。

“冻坏了吧？”父亲放下肩上的袋子，双手拢在嘴边哈了口气，然后从布袋里掏出一件红色的棉衣。

“昨天特意给你买的。”

“棉袄?”我赶紧接过来。

“我们怕你着凉，就赶紧送来了。华，这里还有一双棉鞋。”

“还有棉鞋。”我惊喜得差点叫起来：“这也是你买的?”

“嗯。”父亲点了点头，抿着嘴，又笑了，笑得心满意足。

我捧着这些轻轻的，不！不!! 是沉甸甸的衣物，心里不知是何种滋味。这仅仅是一件棉衣、一双棉鞋吗？不！这里面寄托着父亲对我的希望，这里面渗透着父亲对我的关爱。

我抬起头，猛地发现父亲冻得发青的面颊上，刻下了一道道深深的皱纹，微微下垂的眼皮和一丛乱蓬蓬的胡茬上沾着的小水珠。

“爹，”我禁不住呜咽起来：“爹，其实……其实我……不冷。以后，就别来看我了，别冻坏了你。”

“啊——”父亲像是在笑，又像是长长舒了一口气。

“呶，这50块钱拿去吧!”父亲把一个带着体温的小包递给我。

“不，我还有钱，爹，这钱你自己留着，你身体不好，别老是拖着，买点药吃吧……”父亲打断我的话：“这事，不用你管，你只管好好念书就是了。”

父亲把钱塞到我手里，说：“我得走了。”

我望着微微发抖的父亲，哽咽着。父亲回过头又对我说：“放假了，就回家。”我使劲儿地点了点头。望着即将离去的父亲，我的眼泪又上来了。

“爹，这钱，我还是不要。”我讷讷地说。

“华，你拿着，都怪爹无能，不能让你们过好日子。”“不，爹——”我最终无法自控，大哭着扑向父亲。

所有的困难，所有的感激，所有的尊敬和爱戴都融在这一声“爹”中了。看着父亲微微发红的眼圈，我感动得心里一阵阵抽搐，泪水直往下掉。

父亲走了，一步一步，蹒跚而去。我的心里突然升起一种莫名的失落和空虚。那件旧棉衣，那弱不禁风的背影……正在我心中永恒定格。

这一份情时时潮湿着我的记忆，这一份爱常常让我激动得热泪盈眶，这一份真情，让我今生今世也忘不了，品味不尽，直到永远，永远……

编辑心语：

像朱自清的《背影》一样，父亲在“我”的心中留下了一个永恒的印象。文章语言朴素，感情真挚。

诠释幸福

钟结平

父亲又推来了自行车要带我，说我近视眼看不清路。父亲工作了一天已经是够累的了，这么寒冷的晚上还来接我回家，我刚才还那样对他，我心里好内疚。

俗话说："男主外，女主内。"父亲就是这样一个只管主外的大男人，为养活一家五口整天只知道在外面奔波挣钱，很少过问我们，也很少和我们谈天儿。每天只有母亲照料我们的起居，我们姐弟也只体会到母亲的慈爱，而对父爱感受不深。所以每当看见同龄人和他们的父亲一起玩耍，看到他们在父亲的悉心辅导下做作业时，我就打心里又一次升起那个强烈的愿望：如果我也能享受一下这样的父爱该多好！

就在那个晚上，我终于懂得了父爱……

那是个冬天的晚上，我吃过饭照例背起书包上晚自修课。当我推车子时才发现，自行车的链子脱下来了。怎么办呢？快上课了，父亲闻讯丢下饭碗赶出来，帮我修车。可是几分钟过去了，我再也等不及了，冷冷地扔下一句"我找同学搭车去"就转身跑了。父亲站在那里举着一双满是机油的手对我说："快修好了，再等一会儿吧！"我身后传来他的声音。路上，刚好碰上了同学，就搭他的车上学去了。我早已经忘记了父亲还在那里修着车子。

时间过得好快，不知不觉中下自修课的铃声响了。我找到同学后，又搭顺风车回家去。我坐在车尾和同学有说有笑，很快就到了我们平时上学回家都必经的一座桥。我们还没上桥就远远地看见桥头的霓虹灯下站着一个身材魁梧的男人，手里拿着一件毛衣，旁边靠着一辆自行车。他不时地张望着，好像等着什么人似的。这个身影好熟悉呀，可是由于冬天的夜晚特别黑，却怎么也认不出他是谁。

人们离他越来越近了。那个人正兴奋地向我们跑来。同学对我说："看，你爸来接你了。"果然是父亲。我叫同学停下车让我下来。还没等父亲开腔，我就埋怨起来了："爸，你怎么来了，我这么大个人难道还不会回家吗？让同学看见多难为情！"

我接过毛衣，看见所有经过的人都望着我，便不耐烦起来，说："我才不穿，这里这么多人。你还没告诉我究竟来干啥呢？"父亲听了，指了指那霓虹灯下的自行车说："担心没有人搭你回来。天气这么冷，又这么晚了，一个女孩子会很危险的。"我的心猛地一震，原来父亲也像母亲一样关心、爱护我。很朴实的两句话，却饱含了一个父亲对女儿的深情。我不禁后悔起来了，我还埋怨父亲搞得我不好意思，现在想来我是多么的傻。

父亲又推来了自行车要带我，说我近视眼看不清路。父亲工作了一天已经是够累的了，这么寒冷的晚上还来接我回家，我刚才还那样对他，我心里好内疚。我分辩着说不要他带，他却不容我分说，一定要我坐在后面。我只好顺从地上了车。

这段路很长很陡，我平时经过也觉得费劲，父亲也费了很大的气力才过了一个小陡坡。我问他累不累，他却说不累，还叫我把毛衣穿上。坐在父亲骑的车上，穿着父亲给我带来的毛衣，虽然寒风仍然扑面而来，但我却觉得心里暖烘烘的，而且让其他同学看着再也不觉得难为情了。

这一晚上，我觉得很幸福，因为我懂得了父爱。

编辑心语：

父亲不只是高大粗犷，也有似水柔情的一面，作者用细腻的笔触诠释了父爱与幸福。

母爱的内涵

申亚鸽

母亲做的千层底，耐穿、舒适，不出脚汗，冬天暖和，夏天无臭味。每当我穿起它时，一股暖流便会涌遍全身，它使我懂得了母爱的内涵。

我是农民的女儿，小时候穿的鞋全是母亲纳的千层底。

听别人说，母亲在少女时代就精于手工。飞针走线、描龙绘凤，样样在行，尤以一手做鞋的绝活令周围的姑娘嫂子们羡慕不已。母亲纳的鞋底针脚均匀，图案精致美观。鞋帮与鞋边的连接处“走边”横平竖直，就像是一件精致的艺术品。每当我听到有人夸母亲鞋做得好时，打心眼里感到高兴。随着年龄的增长，和我一起玩耍的小伙伴一个个都换上了雪白的网球鞋，我看着眼馋得不得了。

一次，母亲让我穿她做的千层底，我忍不住对母亲说：“妈，给我买双网球鞋吧!”

母亲愣了一下，然后笑着说：“行，等你把这双鞋穿烂，妈就给你买一双。”

于是，我就穿上新布鞋在上学的路上踢石子，恨不得让它马上烂。“功夫不负有心人”，经过我一个多月的“不懈努力”，鞋前面终于出现了两个“眼睛”。

我兴冲冲地跑去向母亲要球鞋。母亲看着我那张着两只大“眼睛”的布鞋，脸色“刷”地变了。我清楚地记得她浑身颤抖，嘴唇哆着……我吓得不知所措，赶紧低下头，双脚不由自主地在地上磨着。只听母亲深深地吸了口气，然后进屋拿了剪刀、布块和针线把我的鞋重新补好。那一刻，我的心中像打翻了五味瓶酸酸的、苦苦的、涩涩的……

过了不几天，我们家那只打鸣的大公鸡不见了，母亲赶集回来时，手中多了一双漂亮的网球鞋。

从那以后，母亲再也没有给我做过布鞋。来洛阳上学的第一个冬天，我患上了严重的脚气病，没有了棉鞋的保护，脚冻得像胡萝卜。无奈之余，我写信告诉母亲，给我做双棉鞋吧。

严寒的冬天显得特别漫长，才过了三四天，我就觉得犹如过了三四年。周末，我迫不及待地回家取棉鞋，然而箩筐中的鞋帮鞋底依然分着家，母亲从地里还未回来。

晚上，我躺在床上，久久不能入睡，看来这次棉鞋是穿不上了。半夜醒来的时候，见隔壁的灯还亮着，就蹑手蹑脚地下了床，顺着门缝往里瞧，只见白炽灯下，母亲正一针一针地上着棉鞋。她不时地用嘴哈哈红肿的手指，然后撩一下花白的头发，继续埋头做。看到这情景，我鼻子一酸，泪水模糊了双眼……此时此刻，孟郊的那首《游子吟》不禁涌上心头："慈母手中线，游子身上衣。临行密密缝，意恐迟迟归……谁言寸草心，报得三春晖。"

第二天早上醒来的时候，我的床头放着一双已经完工的棉鞋。黑条绒鞋面，白色的"走边"，厚实的鞋底。

母亲做的千层底，耐穿、舒适，不出脚汗，冬天暖和，夏天无臭味。每当我穿起它时，一股暖流便会涌遍全身，它使我懂得了母爱的内涵。

编辑心语：

千层底虽然普通，但是一针一线都蕴涵着母亲对儿女深挚的爱。作者文笔自如，文章以小见大。

第四章

时光里的一抹艺术

在黄昏，夕阳把我们的影子拉得很长很长，长得如一段音乐，在这种场景下，泡一杯茶或咖啡，在茶和咖啡之中，去聆听自然。总有一天，我们会懂得自然，正如你会读懂我。

断想

马晓荔

这种感觉真好。寒风冷雨里，有人与你共同营造一方晴空和你步伐一致地向前走。那种感觉，值得一辈子去珍藏。

一只美丽的风筝，不知从何时起被卡在了阳台前光秃秃的大树上，蓝色的飘带撩乱了我蛰伏的心　我是今天中午在阳台上晒太阳时发现它的芳踪的。当它贸然闯进我的视野时，我不禁眼前一亮。

想飞而又不能飞的小家伙！

以前这棵大树拦截过不少风筝，有的残片的痕迹至今还存留着；有的则在暴风雨的夜里失了踪。总有一天，这位新朋友也会香消玉殒，再也听不到它最爱的风的声音。

但我仍是托着下巴，很平静地欣赏着它。

它曾经飞过。它的心属于那片蓝天，这就够了。现在，它还是很本分地定格在我的窗前，把一抹春天留在了那棵老树上。

我相信它现在一定和我一样的坦然。

记得这么一句诗：人的生命有如船在大海上驶过的水痕，慢慢儿远，慢慢儿淡。

这话微微有点灰暗落寞的忧伤和无奈，是吗？但不可否认，生命是短暂的。有时，也是卑微的。做人，是天底下最苦的差事，但也是最幸福的使命。

消极地混日子，是对生命的亵渎；做人，就要努力做好自己。“病蚌成珠”——只有在经历了煎熬，挑战了苦难之后，你才能被充实，被升华。哪怕到头来你还是无声无息地走了，和你来时一样没有留下任何痕迹，那又有什么关系呢？你已经积极地活过了——你在这个美丽的世界上微笑过。

这个冬天是让人眼泪泛滥的季节。我也不知为什么。

当我懵懂地穿过这个季节，我站在冬与春的边缘回头看了看，我看到了春天的阳光把我的影子投到了冬天的雪地上。

想起了那句话：不要回头，因为你的阴影还在你的背后。

于是，我继续往前走了，始终面对着阳光。

山上的蓝天是一张信笺，黄昏的太阳是一枚圆圆的邮票。蒲公英为了传递思念而匆匆地赶路。——小时候，校园里那圈袖珍得再也不能袖珍的小山在我眼里是充满诗意的。我最喜欢夕阳的余晖透过密密的树枝传过来的那种带点清冷带点美丽的感觉。每次，直到黑暗吞噬了我和小山，我才有点惊慌地穿过小猫、小狗、小兔子的家，绕过小草和野花，往家里赶。我有点怕黑，却又特喜欢踩着阴森的树影时有点刺激的快感。

我有点偏爱最原始的东西。所以，当小山为了那些“现代化”的东西而蜷缩成一角时，我竟有些恨栏杆、围墙外的高楼和新街了。

留下的，只有光秃秃的一个小土坡，还有我怅然若失的心。

它只是被时间碾碎的美丽的牺牲品之一，我无奈。这是人类进步后的必然。

我仍是不忍心再故地重游，怕昨是今非的感觉再次侵袭我的心。

伟伟正在用彩带编小星星。

桌上，已有了满满一袋的缤纷。

“咦，送给我啊？”我调侃。

小胖脑袋晃了一下，却没有抬起来。“明天上课前送给老师。”

我眼睛瞪老大。“这么公开啊！不怕同学说你奉承吗？”

他脑袋抬起来。“啊？这个我没想过。”

“为什么要送给老师呢？”我笑着。

“不知道，嗯，因为老师——很能够了。”

“小孩子真好玩。”这次我没有笑。我只是惊讶于这个清澈得几乎没有“思想”的灵魂。

有时候我们只需单纯的东西。

那天，跟表哥们上街时，谈起一部电视剧。

“啊，那个‘丸子’走路太可爱了！”我就一晃一晃、一拐一拐地学了起来。

前面好像有个人在看着我，可是我没在意。

当我走近那个人时，一抬头，看见他的大衣下面是一副拐杖！他是……

天哪，我，我……我确实没有羞辱他的意思，我刚才还没有看见他。我真的好内疚，我清楚我不经意的动作刺伤了他。

可是，是不能解释的，那只会更糟。我知道我只能像做贼似的落荒而逃。好窘。我歉意地低下了头。

——他居然向我微笑了！我从他的笑容中读出了理解和宽容。

我时常想起那个神奇的微笑。所以有人问我是否参加运动会时，我总是笑着回答要参加拉拉队。我相信人的善意，把这个世界往好处去想吧。

“唉，车没油了。”爸爸有点儿歉意，“下来走吧。”

因为有点事情，爸爸和我“兵分两路”回家了。我撑开那把蓝色的伞，另一只手习惯地插进口袋，悠哉游哉地在路上晃着。

黯淡的灯光。冷冷的雨。躲在伞下看世界的宁谧。

……车来车往。每个人都是行色匆匆——似乎除了我，再也没有人愿意欣赏这个飘雨黄昏的罗曼蒂克。

也许，他们不像我，把世界想成玫瑰色的。他们牵挂的是实实在在的生存。

眼前是朦胧的。但我仍可以读出路人的表情：有执著，有平和，有淡泊。这些平凡的人们又把他们的故事带回万家灯火之中。

我看到平淡而又真实的生活写在他们脸上。

无情的雨悄悄地在玻璃上流淌，像汹涌的泪水。

风却毫不在乎地继续轰轰烈烈着。

我猜想，天放晴后，会出现粉色的云朵——那是天空把眼睛哭红了。

不经意地往窗外一瞥，一把伞正在雨地里前行。伞下，是两个紧挨着的灵魂。

这种感觉真好。寒风冷雨里，有人与你共同营造一方晴空和你步伐一致地向前走。

那种感觉，值得一辈子去珍藏。

编辑心语：

作者从平凡生活场景的点点滴滴联想到生命和生活的丰富内涵，表达了对生活的热爱，对生命的珍视。作者用诗意的语言思索着，描述着，给我们一些启发，一些暗示。

感悟音乐

张文婷

感悟音乐，在音乐中阐示自我，诠释生命，萌动心的乐章，酝酿人生真谛。

音乐是一种美的旋律。滴滴乐声，咬了一下那丰盈的花瓣，淌出来的淡淡的馨香，便典雅成心境的乐之湖。

《蓝色的多瑙河》上，一位乐者正写着《致爱丽斯》的信；《少女的祈祷》字字入乐，伴着《樱花》开放的声音，变幻成一只《飞驰的鹰》；《铁蹄下的歌女》之舞，在《命运》拼凑的《田园》上熨出一帧夜间开放的《野玫瑰》……

静坐。思维是一片迷路的云，随着一缕音符，渐行渐远。一种温柔的水漫过思维的防线，当音符在漂白心境的时候迷失自己。一丝一缕的，一点一滴的悸动了素洁的生命之花。这是静止中的静止，涌动中的涌动，冷静中的冷静，奔放中的奔放，淡泊中的淡泊，激越中的激越。这是清澈与朦胧中的流畅，是花中的花蕊，草上的露珠，是美与纯的结晶。若谁轻柔地抚摸，潺潺进你的眼里、耳里、心里。

感悟音乐，感悟音乐的品质——梦幻般的享受，音乐的欲望——“一览众山小”，音乐的出路——无私的陶冶。

寂寞的时候倾听音乐，那是虔诚的守候，执著与友谊感应。

快乐的时候倾听音乐，那是飞翔的翅膀，共赏流水行云。

痛苦的时候倾听音乐，那是东方的喷薄，冲破黑暗的黎明。

疲惫的时候倾听音乐，那是生命的叮嘱，感觉永远年轻。

思乡的时候倾听音乐，那是远行的游子，在浪漫中起程的体现。

彷徨的时候倾听音乐，那是徘徊的失意，被迫地驱逐记忆。

……

感悟音乐，在音乐中阐示自我，诠释生命，萌动心的乐章，酝酿人生真谛。

拥有音乐，便拥有了今生今世的温馨。

编辑心语：

音乐可以和人的心灵合拍，享受音乐就是享受生活享受自我。文章的语言也有一种音乐的节奏美。

勇者无惧

陈　涛

人生在沙场上，强者首先是一个勇者，因为只有直面惨淡的人生，正视淋漓的鲜血，只有勇敢地去面对困难、挫折，生命才会发出绚丽的色彩和光芒，才能实现真正的人生价值，才能成为生活的强者。

在两千年前，孔老夫子就曾在风中大声喊出“勇者无惧”的豪言壮语，在经历过无数沧桑和风雨洗礼的今天，在你众多的感叹中是否有过“勇者”的一席之地？

在当今社会上，我们会心有余悸地发现在众多善良的心灵上深深印刻着“发财，就业，住房，升学”等字样，可唯独“勇”字却是如此模糊，甚至残缺空白，这些人会为下岗、破产、落榜而去发病和自杀，这值得吗？当你在这种失去勇气而作选择的扼腕之际，为什么不想想孔老夫子的话呢？这就不免使人感到汗颜无地了。

其实天地之间“人”只是一种符号，作为生命的载体，每个人都有特定的运转方式、轨迹和规律性，正因为有此不同，人与人之间，人与自然、环境之间，就会出现许多矛盾和冲突，要在夹缝中生存下来，就必须做生活的强者。

人生在沙场上，强者首先是一个勇者，因为只有直面惨淡的人生，正视淋漓的鲜血，只有勇敢地去面对困难、挫折，生命才会发出绚丽的色彩和光芒，才能实现真正的人生价值，才能成为生活的强者。

或许一时的躲避会换来一时安宁，可有谁会承认他是一个强者、勇士呢？谁又能绕过火海刀山，不会掉进陷阱油锅呢？在勇者面前，断头不就是留下碗大的疤吗？何不豁出去拼他个壮烈辉煌，同时也写下勇者的风采。壮哉！

麦尔帕说得好："自己方为羔羊，则终必豺狼所噬，不要以为向困难屈服，就可平安无事，相反！可能连'平安'两字还没有到就已被豺狼所吞噬了。"

俗话说，"狭路相逢勇者胜"，"无限风光在险峰"。朋友，做个勇敢者吧！哪怕面对死神的挑衅，你也可放手大搏一场，让死神为你的勇猛惊服，你就会冲出生命的死谷，拥抱壮丽的彩虹。

勇者，不必说得光彩照人，但因为无惧，也一定笑傲红尘，无悔人生。

编辑心语：

文章直抒胸臆，语言气势磅礴，给人以力量与鼓舞。

萤火虫

天圣武

乡间的萤火虫也不如以前那么多，只能偶尔见到几只孤独地在低空彷徨，不知人们是否已忘了它们的存在。

都市的夏夜，似乎比白天更觉温馨。远离那灼热的太阳，郁闷的空气，汹涌的人潮，有的是轻柔的凉风、恬然的宁静，三三两两的乘凉人。正值暑假，我呆呆地站立在阳台上，闷得发慌。“要是能有几只萤火虫飞过来，那该多美啊！”左顾右盼，可没有它们的身影。

“思雨，快下来！”楼下传来熟悉的声音，是兰姐，“咱们到湘示范桥上去看夜景，OK?”

“好啊，马上就到！”我的神经立即兴奋起来，冲出楼道，和兰姐一起往桥的方向奔去。

驻足桥畔，只见岸边高楼里漏出的灯光与江中船头的渔火交相辉映，把夜的颜色照淡了，天上的星星缥缈而深远，神秘地朝我们微笑。“快看，那边有一只萤火虫！”兰姐忽然欣喜地大叫。顺着她指的方向望去，果真，一只小小的萤火虫扇动着滴滴光亮，正翩翩起舞呢！

“萤火虫啊，你是顺着故乡那条小溪飞到这儿来的吧？”兰姐喃喃自语着。而我的心，却随着那渐渐远去的小精灵，向那遥远美丽的故乡飞去，停留在童年多姿的芳草地上……

“萤火虫慢慢飞，夏夜里风轻吹，怕黑的孩子安心睡吧，让萤火虫给你一点光。”这不是奶奶充满爱怜的声音吗？小时候，她经常低低哼着这支歌谣，哄我入眠。在甜蜜的梦里，我的身旁还荡漾着那忽闪忽闪的萤火虫呢！

玩是小孩子的天性。三四岁时，我最爱和兰姐一起去玩。她比我大两岁，懂的自然比我多，我心里最佩服她了。我们经常在山林里采集漂亮的野花，带回插在瓶子里，我们会带上跳子棋到田埂旁，一边放牛一边下棋；有时，她甚至拿出小书包里的课本，很正经的教我念“aoe”……最难忘的是我们在夏夜里看萤火虫。

乡间的萤火虫特别多。夜幕降临时，萤火虫便点上它那一闪一闪的小灯笼，悠悠地飘飞于乡村的每个角落，犹如颗颗晶莹的小星星；而天空中的繁星也顽皮地眨着眼。吃过晚饭，大人们在塘基上铺一块竹席，我和兰姐就躺在席上，看萤火虫。奶奶在我们身旁摇着荷叶扇，为我们驱赶蚊子。塘基一侧是清澈如镜的水，摇曳着璀璨星空的倒影。另一侧是宽阔的菜地，有蓬勃生长的蔬菜和会唱歌儿的虫子。

有几只不害羞的萤火虫竟飞过我们的头顶，我一伸手就可以捉住它们。“奶奶，我捉几只萤火虫玩玩，好吗?”我喜欢这么问。“不好，”奶奶总是亲切地回答我，“你把它们捉住了，过不多久它会死去的，多可惜呀。”而此时，兰姐也会用“严肃”的语气对我说：“奶奶说得对，我们老师说，萤火虫在黑暗中燃烧自己小小的生命，为夜行的人带来了光明和希望。它们还要飞到远方为别人指路呢，你千万不要捉它。”真的吗？我对兰姐的话半信半疑，却再也不敢去碰那些可爱的小东西了。看着它们轻盈地飞舞，心里默默嘀咕着：萤火虫其实我很喜欢你，你不要怪我噢。快赶路吧，有人需要你的帮助……而萤火虫似乎也听到了我的心里话，带着那闪烁的小灯笼，渐渐地远去了……

后来，在我读小学三年级时我和兰姐的家都搬到了长沙。从此，夏夜里很难见到那些小生灵了。都市的夜晚灯火辉煌，萤火虫也许不乐意在这儿安家。趁大人们不注意时，我们就偷偷地到湘江边上，因为在那儿偶尔能见到它们淘气的身影。

记得兰姐说过，她长大也要像萤火虫一样，多发一份光，做一点贡献，给别人带来信心与希望。如今，她当上了一名乡村女教师，把自己的青春都奉献给了三尺讲台，奉献给了那些求知若渴的农村孩子们。尽管那儿条件很差，工资低，她依旧认真努力地工作着，毫无半句怨言。“在这儿，我看到了那些萤火虫，仿佛回到了那个童年的小山村。这儿需要我，孩子们需要我。我必须把自己的工作做得更好。“其实，她不也是一只高尚的萤火虫吗？虽然渺小，却给人以极大的帮助。

现在的都市高楼林立，灯火通明，夏夜里怕是再也见不着萤火虫了。乡间的萤火虫也不如以前那么多，偶尔见到几只孤独地在低空彷徨，不知人们是否已忘了它们的存在。不过，我会经常在静夜里，哼着奶奶教的那歌谣，想起那些可爱的小精灵和我最佩服的人——兰姐。

……

明天，兰姐就要回那个小学校了，她要找人把那简陋的教室修补好。而我，依旧在这茫茫人海中寻找那只属于我的萤火虫。明夜星空依旧灿烂，但愿这深蓝的布景上，会出现更多的小天使——萤火虫！

编辑心语：

萤火虫就像文中的教师兰姐一样，燃烧着自己去照亮别人。文章主题鲜明，立意深刻。

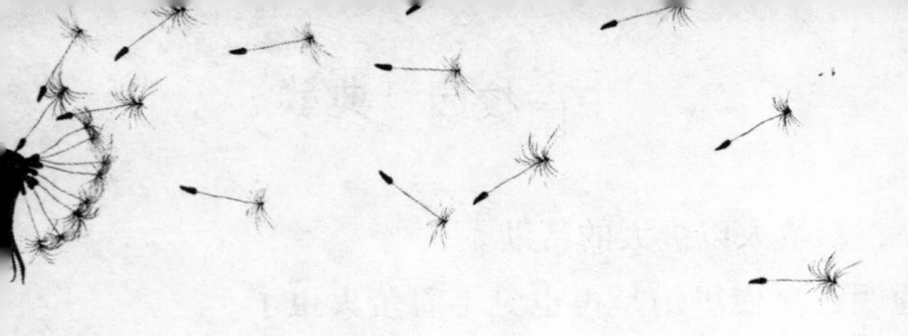

麦当劳的疯狂

马春晓

在我们短暂的人生中，仔细想来将有多少时间用在这“等”上？关键是有时我们等的往往不只是一盘麦当劳，而是那种“等”的滋味。而这种滋味有时会让人说不清是为什么。终归是人生苦短，我们应该想想等待的价值和更有价值的等待吧？

一直都很喜欢一句可爱的绕口令；“麦当娜约了麦当雄到麦当道的麦当劳吃麦皮炖当归。”因为这，于是产生了二号去麦当劳一尝新鲜的念头。

开玩笑，二号是什么日子，麦当劳开张第一天！现在想想都后怕，泉城路那种本来就人满为患的地方，突然多了一座吸引人潮的磁场，那份拥挤……嘿嘿，可怕！然而受不了诱惑的我，当时竟是那般勇敢地站在那条沿街蜿蜒伸展的队伍屁股后现，开始了一次有史以来最傻气最痴狂的超级排队行动。

起初很潇洒，轻松地站着，挎着背包四处望望，姑且欣赏街边繁华绚烂的景致，听听不时从耳边飘过的某唱片店的一两句流行歌曲。腿酸？没关系，换只腿移下重心。想着待会儿热乎乎香喷喷的食物，勉强忍着口水等吧。

十分钟十分钟地过去，而队伍却没有一点移动的迹象，难免有些心浮气躁，因为视线角度分毫未变，街景当然毫无改变，站这么久，实在有点无聊，伸长脖子朝前看看，一片人头攒动。我亲爱的汉堡包和薯条，不知你遥遥在何方。

一口气刚要松懈，队伍居然安慰地前进了几步，一阵希望与欣喜袭来，于是又多支撑了好几分钟。

可是，这条长长的龙，再也不肯挪动。看热闹的人渐多，满街的喧哗吵闹，指指点点的议论。前后性急的人在咂嘴叹气；小孩子的哭闹声隐隐冒出；保安人员面无表情地驱赶，疏散。我有点烦躁了，不停地看手表，为了怕这种时候再被人插队，雪上加霜，不自觉地朝前挤了挤，紧贴住前面的同人。

时间过得太慢了。我嫉妒地看着从那屋顶快被挤翻的玻璃屋里零星出来的人，他们带着一丝胜利的得意与炫耀。不晓得为什么，我觉得他们的笑容中也有一份沮丧。

不禁对自己排这傻队的动机产生疑惑。为了汉堡——两块面包夹块肉？苹果派？还是纯粹凑热闹赶热潮？不管怎样都傻得可以，几十分钟，够看好多页书。管他！已经傻到这种骑虎难下的地步，就傻到底吧，老是啃书，多呆板哪。

在我痛苦的思想挣扎中，终于，一条“血汗路”豁然开朗，因为多放了一批人进去，队伍快速地前进着，好不容易，用上了一个“快”字。

看见漂漂亮亮的制服女孩请我填单。霎时，希望在人间，兴奋的我如同赢了一场大仗般得意，叫了很多很多东西，像要为自己庆祝。

当端着一盘沉甸甸的食物时，我快要乐疯了，满心欢喜去找进食的一方天地。然而，满眼皆是人，不但有坐着的，站着等座位可怜如我的，更是占据了大半空间。

我的妈，又要等！

在我们短暂的人生中，仔细想来将有多少时间用在这“等”上？关键是有时我们等的往往不只是一盘麦当劳，而是那种“等”的滋味。而这种滋味有时会让人说不清是为什么。终归是人生苦短，我们应该想想等待的价值和更有价值的等待吧？

编辑心语：

正如大仲马所说，人的一生都在这四个字中度过：等待和希望。作者在看似平常的叙述中，让我们不知不觉陷入了对人生的思考。

咖啡·茶

徐 成

咖啡和茶就是这样，交织地出现在我的生命中，没有冲突，只有相生相容，共同构成了全部的心情。有时候，我在想何以西方古朴和东方的蕴长却以这种独行的方式不经意地联系在了一起，共同承担起了我的世界？

地道的中国人是不爱咖啡这种舶来品的。他们终生与茶为伴。而我却偏偏既割舍不了那浓郁的咖啡，又一往情深地眷恋着那碧绿清爽的香茶。

说起咖啡，并不是电视上那种“滴滴香浓”的速溶咖啡，要加入“伴侣”，甚至加上一两块糖。我喜欢的是由咖啡豆煮成的带着几分原始味道的“Black coffee”，就是不加入任何“伴侣”的原汁的咖啡。煮咖啡的日子，几乎都是沉浸在成功的喜悦中的时候，就在等待着咖啡煮熟、倾听着咖啡豆在瓷锅里“剥剥”地响动的时候，激动的心渐渐平静。当热腾腾的咖啡一下喝到口中，咽了下去，那浓浓的苦涩便从舌尖传到舌根，进而弥散到心灵深处。就像咬破的蛇胆的苦涩一下子袭上心头。于是，那仅剩的一点骄傲也最终消散，留下一笼苦香。

茶就不同了。常常是口渴了，便胡乱地泡杯茶，咕嘟咕嘟地灌下去，也就成了妙玉口中的“解渴的蠢物”。真正的饮茶却又是在有那么一丝失意落魄的日子。那样的夜晚，或是倾盆大雨，或是寒风呼啸，再加上心情沮丧，人便也融入了一片雨意风声之中。这时候，炉上煮一壶水，待得那白色的雾气从壶口逸出，直至烟雾缭绕地弥漫了整个屋子，人方从遐思中醒来，沏上一壶茶，静静地望着一片片碧绿的茶叶在杯中翻卷、沉浮，交叠在一起辨不清是非曲直。捧起茶杯，沉沉的；呷上一口，竟也是淡淡的苦涩。这是第一壶茶，听人说，讲究的人是不喝的。可我喝，而且极其用心地品，正是有了它的苦，第二壶的香醇才有了根据，正是有了它的涩，三壶茶后，我心上的褶皱才会被拂平。于是，静静地呷慢慢地品，不必担心呷不出风情，品不出韵味，茶里自有天地。

咖啡和茶就是这样，交织地出现在我的生命中，没有冲突，只有相生相容，共同构成了全部的心情。有时候，我在想何以西方古朴和东方的蕴长却以这种独行的方式不经意地联系在了一起，共同承担起了我的世界?

编辑心语：

作者热爱生活、懂得生活，没有一定的生活经验不做生活的有心人，是写不出好文章的。

我读自然

钱有才

自然轻轻地拨开我的手：“我的孩子，我是什么模样，你不是正在读么？”轻轻的声音犹如渺茫太空奏起的仙乐，缓缓向我漫来，漫来……

我读自然，可自然是读得懂的么？

斜阳古道，暮鸦点点，自然是忧愁的么？谁知道这景告示着什么？我懂么？

日暖花开，风轻燕舞，自然是慵懒的么？谁知道这景寄寓着什么？我懂么？

山泉清清，雪峰皑皑，自然是清高的么？谁知道这山外是什么？我知道么？

雷鸣电闪，风狂雨暴，自然是残暴的么？谁知道这云外是什么？我知道么？

我站在自然的脚边，仰起头，踮起脚，拉一拉自然的衣角：“自然，你是什么模样？”

我站在大江的顶峰上，对着苍林雾霭问一声：“自然，这就是你的模样？”

我站在大山的入海处，对着云彩朝阳问一声：“自然，这就是你的模样？”

我在波涛汹涌的海上，对着那天际的海鸥问一声：“自然，这就是你的模样？”

我在诡谲多变的云头，对着那苍茫的大地问一声：“自然，这就是你的模样？”

自然轻轻地拨开我的手：“我的孩子，我是什么模样，你不是正在读么?”轻轻的声音犹如渺茫太空奏起的仙乐，缓缓向我漫来，漫来……

自然是什么模样呢?在这漫来的声音中，我看见孩提时代家门口的那株颤巍巍的老树，噢，那树满脸的皱纹，满脸的笑容，它轻轻地托着一个鸟巢，巢里是叽叽喳喳的小鸟。噢，我知道了，自然是温暖的。

我看见了童年时代流过门前的那条小河，噢，那清清的流水，柔柔的碧波，任着鱼儿在其中悠悠地嬉戏。噢，我知道了，自然是快乐的。

我看见了从村头那密密的林梢升起的太阳，噢，那夺目的金光，那轻快的明亮，慷慨地照亮了炊烟袅袅的村庄。噢，我知道了，自然是诗意的。

我看见了眼前这片浩渺的大海，噢，海面上是一浪逐一浪的潮头，那飞溅的浪花，那澎湃的涛声，构成气势磅礴的交响。噢，不是，都不是，自然是富有生命的，是充满激情的。

我欢呼，我狂喜，我读懂了自然!但自然只是面带微笑地点点头，又轻轻地摇摇头。

怎么?自然是不可以读懂的么?但我还要读下去……

编辑心语:

文章句式排列整齐、精练，语言有节奏感。读后给人一种美好的享受。

血的讴歌

高明月

我是一名开拓者，哪里没洒下我的热血，汗水掺和泪水？跋涉在那一片深荆莽棘，筚路蓝缕的痛苦，还有茹毛饮血，是我的征程。我挥舞那刀斧，驰骋在那一征属于我自己的处女地，没有什么能阻挡我的征伐。

每天照镜子，总看见那张善变的脸，忧郁、彷徨、慌张。这就是我，那深邃的眼神总是难以读懂，五官中隐隐约约镌刻着似乎是滴血的东西，那是饱经风霜的岁月留痕。

谁说物换星移，灵光不在？18年了，巍巍青山佐证，滔滔江水留声。那似曾相识的苍鹰翱翔在如血残阳下，而我，就是那雄鹰，曾在惊涛骇浪中折过翅，也在广袤长空中受过伤；有风没风的日子，我默默地走过，进退之间，我的心被煎熬，在燃烧。

成功、失败犹如过眼云烟，或喜或悲已然身外。我一直在努力，在拼搏，在超越。画地为牢的人永远只能做井底之蛙，夜郎自大的人永远只是自欺欺人。我，宁愿是那形单影只的鸿鹄，也不做成双结对的燕雀、鸳鸯。“鸿渐于陆，其羽为仪”，去飞翔，飞出这一隅狭隘的四角见方，远离那庸庸碌碌的温柔之乡。

长夜漫漫，难耐更是五更寒。我喜欢寒夜，寒彻骨的旷野冷夜，有野狼凄惨的哀号。我，却愿走向那一片冰天雪地，让那口中的热气，凝为片片雪花，簌簌落地。这是意志与力量的考验，不经意间，它会化为永久的结晶。

我是一名开拓者，哪里没洒下我的热血，汗水掺和泪水？跋涉在那一片深荆莽棘，筚路蓝缕的痛苦，还有茹毛饮血，是我的征程。我挥舞那刀斧，驰骋在那一征属于我自己的处女地，没有什么能阻挡我的征伐。

也许有一天，我将倒下；也许有一天，我前进的脚步将要停息，然而我的心，那曾经跳动着的一腔激情，将不朽，将获得海枯石烂的永恒。

编辑心语：

这是一首开拓者之歌，这是一首奋进者之歌，读后令人热血沸腾，感情澎湃。

美丽何价

宋广寒

孤零零的一两根羽毛之美，与孔雀开屏之美能同日而语吗？大自然的美是无价的，但它一旦落入钱眼，就会失去应有的美。我们何苦去毁掉大自然纯真的美呢？那些毁美、窃美的人，心灵是何等的丑陋啊！

放学回家途中，见一小贩手捧一把孔雀毛，高声叫嚷着："快来买呀！三元一根，货真价实。花钱不多，美化生活，省钱又实惠。"于是，人们一窝蜂地拥上去抢购。

也许是见得少的缘故吧，我从小就喜欢孔雀。每次去动物园，总要欣赏孔雀开屏。当时曾想，要能亲手抚摸一下那美丽的羽毛，该有多好啊！

今天，我终于看到了孔雀的羽毛，心情却很沉重。我不敢想象没有尾巴的孔雀会变成什么样子。恐怕也只能像鹌鹑一样丑陋了。我更不敢想象，被拔光尾巴的孔雀，会发出怎样绝望的哀鸣！在我看来，将孔雀毕生的精华当做玩物，占为己有，正暴露了人们的贪婪，可以想象，在插花瓶中的那几根孔雀羽毛的下面，有多少斑斑的泪痕啊！

也许有人会说，孔雀是因为炫耀自己才招致拔毛之祸。我则要说，孔雀以美丽的羽毛打扮自己，同时也是在美化世界，何罪之有？只有"红眼病"患者，才会将别人的美视为炫耀和卖弄。这些人，总想将世间的美占为已有，却又美其名曰："爱美"。其实，这不是爱美，而是在"毁美"！孔雀因其美丽尾巴，被人喜爱，被国家列为一类保护动物。而被拔下的羽毛，落入小贩手中，成为"三元一根"的商品，我们还能说它美吗？即使它被买回家，插在花瓶之中，也只是一种丑的展示。试想，孤零零的一两根羽毛之美，与孔雀开屏之美能同日而语吗？大自然的美是无价的，但它一旦落入钱眼，就会失去应有的美。我们何苦去毁掉大自然纯真的美呢？那些毁美、窃美的人，心灵是何等的丑陋啊！

美丽何价？美丽无价！用三元钱买到的孔雀羽毛并不是真正的美。

编辑心语：

对美的思考，涉及整体美、人性美、美的价值等问题，文章从社会生活出发，积极思考生活，针对一种现象，严肃地提出问题，加以分析，并得出自己的结论。

5

CHAPTER

第五章

青春是本太仓促的书

席慕蓉曾说：遂翻开那发黄的扉页，命运将它装订得极其拙劣，含着泪，我一读再读，却不得不承认，青春是本太仓促的书。

来了个同桌是男生

李蓉蓉

两天后，我无意中在文具盒里看到他写给我的一张小纸条：“如果你愿意，明天下午放学后在学校池塘边的那棵大树下见。”我握着纸条，好像做了一件天地所不容的事，心“怦怦”地跳，脸阵阵发烫。“去，还是不去?”

不知是夏意未净，还是南京特有的气候，虽然凉风还在轻轻地吹着，但我的额头还总是有几滴汗珠，浑身散发着难闻的汗味。这几天，我总是遇到不顺心的事，心里总是很烦躁，趁今天休息，索性拿出尘封已久的日记本，痛痛快快地把心里的不快倾吐于上。就在我打开日记本的那一瞬，一件美丽的东西在我眼前闪过，然后便无声无息地落在了地上。我把它捡起，原来是一张精致的书签，它的突然出现，把我带入了16岁的那一年……

我和他相识在初三上学期。那时候，他作为“慢班”的佼佼者，被破例地加入我们“快班”行列，加入我们这个温暖舒适而又竞争激烈的班集体。也许是上天喜欢捉弄我们，当时我们班只有我的旁边有空位，不容考虑，他理所当然成了我的同桌。对他这个“不速之客”，我是很厌恶的，原来整张桌子都归我所有，而现在我只享有1/2……忍忍吧，何必斤斤计较呢！不过让我忍无可忍的是，同学们经常把我俩扯到一起，拿我俩开玩笑。要知道，我一个温文尔雅的16岁的女孩，整天跟一个男同学坐在一起，那多别扭啊！

尽管如此，我还是努力地克制住自己的情绪，没有朝他翻白眼，当然，也没有对他微笑过。他经常有不懂的问题问我，我也只是毫无表情地讲解给他听，虽然讲得很详细。而他，总是对我有礼貌地笑笑。我偶尔会对他发脾气，他也总是一笑了之，从不把它放在心上。我们就这样平静地度过两个星期，而有一天，一篇小小的日记打破了这原有的平静……

那是一天早晨，我第一个来到教室。看着课桌上满是狼藉的书本，我便收拾了起来，无意中发现一本精美的日记本。“咦，这会是谁的呢？我左思右想，就是猜不出这日记本的主人，于是就打开探个究竟。令我吃惊的是，上面居然清清楚楚地写着他的名字，真是不可思议。像这样平时内向且成绩不突出的学生，能写些什么东西呢？为了满足自己那强烈的好奇心，我便趁着还没有人来的时候，偷偷地翻开了他的日记——哇噻，还真不错，上面一些词语句子好得出奇，看不出一个平时少言寡语的人竟然有这么好的文学细胞，真是“真人不露相”啊，这回，我真的佩服得五体投地了。正当我暗暗称赞他时，我看到了令我心神恍惚的一页——“我梦中的她是一位外表美丽内心善良的纯情少女，她温柔……凡此种种，都在我的同桌身上找到了……”

我不知道我是如何看完这脸红心跳的一页的，正当我还在想着里面那些句子的时候，突然听见有一阵急促的脚步声朝教室这边走来，我赶紧把它收拾好，然后“若无其事”地看着书。那脚步声越来越近了，凭我的第六感觉，我猜一定是他。果然不出我所料，是他，他像平时一样地朝我笑笑，但我不敢正视他，连抬一下头都不敢。他看到桌上摆放整齐的书，对我友好地说了一声“谢谢”，但刚说完，他好像发现了什么似的，也坐在那里“看书”了，可我知道，他此刻并没有在真正看书……

两天后，我无意中在文具盒里看到他写给我的一张小纸条：“如果你愿意，明天下午放学后在学校池塘边的那棵大树下见。”我握着纸条，好像做了一件天地所不容的事，心“怦怦”地跳，脸阵阵发烫。“去，还是不去？”两个问号在我脑子里打架，去，怎么也不符合我一贯的作为，我一向是老师眼中的好学生，父母心中的好孩子，同学们的好伙伴。如果去了，我岂不是成了坏学生，坏孩子，又怎么是同学之间的好伙伴呢？不去，他会不会在等我，如果他见不到我不走怎么办？经过反复的思考再思考，我还是决定去了，有什么心结坦白出来也好。

那天，他早已在那等我了。他说他知道我看了他的日记，他也向我说了对不起。并且说如果愿意的话，就让我们做好朋友——仅仅是好朋友而已。我见他的言语如此恳切，便也答应了。

这以后，我们相处得融洽。我经常把自己拟定的复习大纲给他看，告诉他一些题目的解题技巧，他也跟我说他是如何写文章的。就这样，他的成绩由最后一名上升到第10名。

紧张的中考后，他被省重点录取了，而我却因生病考了个中专。考试结束，他又找我谈心，他说他会永远感谢我，并且亲手制作了一张书签送给我，他说，当翻开书时，看到这张书签，就仿佛见到他，让我们再互相督促，共同进步！

如今，看到这书签，想到了我的好朋友，我原本烦躁的心情平静下来了，于是，我拿起书……

编辑心语：

文章语言清新，感情真挚，在结构上能做到首尾呼应。

风吹一阵鸽哨声

于　勇

她走的那天，我送她一张我连夜画的国画，她很高兴，送给我一张她的照片和一株像爬山虎一样的植物。她说那是“三七”，一种生命力极强的植物，象征了和平和善良。她还说她一定给我写信，有时间的话，一定再来中国，再和我一起去看彩色喷泉。

那是我第一次去听书法课，去得很早，来的人也不多，我挑了一个靠窗子的位置坐下，看那窗外蓝天中的鸽群；一阵风拂过，滴绿的柳枝随风飘动，一阵长长的鸽哨声打破了暂时的宁静。我定了定神，打起了口哨。

人陆续来了。一个穿一身白色休闲装的女孩走到我旁边：“早上好。”“早上好。”我抬起头打量了她一下，短头发，白皙的皮肤，戴着一副小眼镜，镜片后的大眼睛闪着灵动的光。她指了指我旁边的座位：“可以坐在这里吗?”“当然。”我回答。她居然向我鞠了一躬：“谢谢您了。”真是令我受宠若惊，一连说了好几个不用谢。这个女孩的口音怪怪的，不过挺可爱，我心里想。“你是本地人吗?”我问道。“不，我家在日本，名字叫做中山美慧子，请您多多关照。”日本人?！霎时间，刚才对她的那点好感都飞到了“子虚乌有国”。也许是对鬼子兵犯下的那些滔天罪行的印象太深刻，我对日本人向来没有什么好感，总是能联想到挥舞战刀，口喊“巴嘎牙路”的日本鬼子和那听了就使人浑身起鸡皮疙瘩的鬼子进村曲。真令人为难。

第一节，老师讲中国的书法艺术，当老师讲到八国联军进北京，焚毁了大量的艺术瑰宝时，我下意识地看了她一眼，她似乎也感觉到了什么，脸刷地红了，弄得我也挺不好意思的。下课时，教室里有说有笑，她也向我讲起了她的情况，她的父亲五年前就来中国办公司，她也跟着来中国上学，不过不是在学校，而是在“家”她父亲给她请了家教。她已学了五年汉语，难怪能讲一口流利的汉语。

以后的日子，我们一起上书法课，自然，我就成了她的义务辅导员，不时地卖弄一下我那还不算太蹩脚的字。当我看到她用毛笔写出好像蜘蛛爬的字，心里总满满地装着成就感，就像在电视里看到八路军又打了胜仗。渐渐地，我们之间的隔膜也消除了许多。

时间过得飞快，转眼间暑假便到了，她的父亲也给她放了假，让她放松一下，可她在中国的朋友太少了，父亲又整天忙公司的事，她便问我可否陪她玩几天，我痛快地答应了。

我们一起打网球，滑旱冰，逛书店……我发现，这个看着文静的女孩其实对运动也很在行。令我特别佩服的是她那丰富到极点的想象力。那次，我们一起去吃小吃，她指着锅里的茶蛋，顽皮地一笑：“好像你黑黑的脸，以后就叫你茶蛋吧。”我说这是健康的象征，是男子汉的本色。她说她爱吃茶蛋，也挺爱看我那张黑黑的脸，这样能增强她的食欲。

一次吃冷饮的时候，我问她：“你的生日是哪天？”“1985年8月13日。”她回答。

“比我小一岁，以后就叫你日本妹妹吧。”我自豪地说。

“那我就叫你Chinese哥哥。”说真的，我还真希望有这样一个妹妹。那天晚上，我们一起去看彩色喷泉，她也不忘顽皮地把我推进喷泉的射程内，我也很不君子地以牙还牙。当我们都成了落汤鸡的时候，便坐在远处的草坪上看星星。空气中充满着草地湿润的青郁味道，从我们裤管滴下的水也滋润了我们身下的那一小块草地。我很“哥哥”地把我那件还算保暖的衣服披在她的身上，听她唱日本民歌。回家的路上，我们牵着还有些湿着的手，说了许多。她说她特别喜欢中国，在她心里，中华民族是世界上最伟大的民族。这句话至今还铭记在我的脑海里，我也相信那一定是句实话。

开得再慢的车也要到站，任何美好的故事都终究要有个结局，我们的也是一样。当我对她的好感与日俱增时，她却来告诉我她马上就要跟父亲回日本了。当时，我不知道该说些什么，只是静静地站着，看她那双有些湿润的大眼睛。

她走的那天，我送她一张我连夜画的国画，她很高兴，送给我一张她的照片和一株像爬山虎一样的植物。她说那是“三七”，一种生命力极强的植物，象征了和平和善良。她还说她一定给我写信，有时间的话，一定再来中国，再和我一起去看彩色喷泉。我不喜欢席绢笔下浓浓的悲伤的离情，但心头也涌上了一些伤感。上车前，她郑重地对我说：“其实我早就想说，大多数的日本人民都是热爱和平的，希望你能理解。”我使劲儿点点头，目送着车驶向机场……

那盆植物我放在我房间的窗台上。现在，它已爬成了一片绿色。我也总能想起那段美好的故事和她最后的那句话。我的目光透过窗台上的那片绿色，一群鸽子飞进视野里的那片蓝天，一阵风吹过，又带过了一阵鸽哨声。

编辑心语：

友谊是不分性别超越时空的最美丽的精神支柱。

因“祸”得福

阿 昆

也许她并无恶意吧，我转念一想，便带着一丝尴尬的笑容，坐到了她的后座上。在同学们嘲讽的目光中，我恨不得找个地缝钻进去。

九月，身上带着一股浓浓乡土气的我踏进了县高中的大门。报到那天，在报名处，我惊讶地看到了身穿一袭白色的连衣裙，有着模特般身材和一头飘逸长发，一张美丽的脸上透着可爱的女孩，我不由惊喜万分：原来我的新学校里竟有这等漂亮的女生！我一时竟然呆了。也就在那时，我知道了她的名字叫梅子，而且更令我暗自狂喜的是，她竟然与我同在一个班！

她坐在教室前面的一个角落里，我的座位则恰好与她成对角线，这使得我可以时刻看到她而不必担心被她或其他同学发现。很快我又发现她的声音也很动听，极富磁性。无论是在上课还是在上自习，我总喜欢侧着身子坐，以便我的视线能正好对着她的座位。她的一举一动被我尽收眼底，她成了我眼前的一道最亮丽的风景，她的每一次回头，我总会为她那张美丽的脸蛋怦怦心跳。

进出教室，我总是走后门，而她则总走前门，因此我与她很少碰面，她似乎也很少注意过我。出身农村的自卑感使我想与她说话的冲动常常被自己压了下去。我只有在后面默默地注视着她，或有时在课桌上用手指轻轻地画着她的名字：梅子梅子梅子……

刚从农村出来的我，很多东西都得从头学起，就连别人驾轻就熟的自行车，我也得从头学起。不过学自行车，我自己的感觉良好，没多久，我便能在校园里飞驰了。当时，我们班为了增进了解，组织去郊游，因目的地不远，便决定骑自行车去。我心里是既高兴又担心，高兴的是新学的车技马上可以派上用场了，担心的是车技尚不过硬且没自行车。

到了那一天，我果然没能借到一辆自行车。正在我一筹莫展时，是她，梅子看出了我的窘境，笑着对我说：“一起用我的车吧，你带着我。”我简直不敢相信自己的耳朵，然而她那双美丽的大眼睛正诚恳地看着我，告诉我这是真的。我的心跳不觉又加快了。在同学们惊羡的目光中，我走向了她，我在心里一遍又一遍地告诫自己，这是个表现的好机会，可千万别在她面前出丑！站在车房里，我和她靠得很近，我似乎感觉得到她的呼吸，甚至心跳。我在惊疑：这一切都是真的吗？我的心都要跳出来了，我整个人都沉浸在了兴奋之中，我真希望时间就在这一刻停住。

不知是因为兴奋还是激动，我握着车把的手竟不由自主地发起抖来，我上了几次车，都没能成功，后来虽然勉强上了车，但没出一米，我那拙劣的车技便暴露无遗，心里一紧张，车头一摆，我连着车整个重重地摔在了地上。一时间哄笑声四起，我感觉到自己的脸也不争气地热了起来：我最担心的事情还是发生了！

哄笑声中，我狼狈地抬起头，瞥了她一眼，我似乎发现她那张美丽的脸上也挂着一种嘲讽的笑。更令我感觉尴尬的是，她又一次走向我，扶起车说：“还是我来带你吧。”那一刻，我觉得作为一个男子汉的自尊被践踏得一塌糊涂：堂堂一个男子汉反而要让一个女孩子带着！但除了这样，我还能有什么别的办法呢？也许她并无恶意吧，我转念一想，便带着一丝尴尬的笑容，坐到了她的后座上。在同学们嘲讽的目光中，我恨不得找个地缝钻进去。

人的一生中也许会有许多尴尬事，而最大的尴尬莫过于在自己心仪的漂亮女孩面前出丑，从那以后，我无论做什么事，都要尽自己的最大努力去把它做好。一年之后，我的学习成绩竟由刚入校时的倒数上升到了班上的前十名之内，而梅子，一年前曾让我可望而不可即的美丽女孩，也终于愿意坐到我的自行车后座上了，和我一起到郊外去兜风了。

编辑心语：

文章写得浪漫清纯，富有诗意。读后给人留下难忘的印象。

心中的声音

方　碧

书签的背后用很粗犷的字迹写着永铭我心的十六个字："雪过初霁，旭日放晴，冰消雪解，来年好运！"没有署名，没有称呼，没有日期，但我仍能感觉到是那久违的声音，我众里寻觅的那身影。

七月带给我的震撼不亚于晴天霹雳，而那张令我心悸的成绩单使我沮丧，我不愿、不忍、也无法接受那白底蓝格的薄薄窄窄的纸条。然而事实的结局本来就是无法预料的，我带着一丝无法言表的伤感进入了高补班，准备来年的一搏，虽然我收到了印有一枚鲜红的印章的大专录取通知书。

进入高补班，本来性格内向的我更显孤僻。我的"冷傲"使人难以接近，跟我打交道的人屈指可数，于是私下里别人便认为我孤芳自赏，冷若冰霜。不经意的一次被我听见，我苦笑，依然不在乎别人对我的评头论足。即使从教室后面穿过长长的走廊，我依然直视前方，因此班中的男生，我一个都不认识。其实我心虚，我胆怯，我不敢，也怕正视别人的目光。唉，又何必认识！我努力捍卫自己的堡垒。

高考的阴影一直笼罩着我，我轻轻地来，默默地走，每天几乎机械地重复着千篇一律的动作，直到那个秋风萧瑟的夜晚。

那是个很平常很一般的夜自习的前十分钟。一阵冷风袭来，我不禁打了个寒战，迷茫地从书本中抬起头检查门窗是否敞开着，却发现正头顶一只风扇正转动着，带着一点幽绿的光，仿佛一只偷窥的眼睛，不知是谁搞的恶作剧。我看准开关的位置，从座位上站起来，走向前方，穿过讲台，径直走到教室后面，可我却清晰地感觉到一双双诧异的眼睛中流露出的问号和叹号，但我不在乎。风，掀起我红色的风衣，促使我快步走去。而当我的手触及开关的一刹那，我发觉我错了，错得离谱，错得稀里糊涂。因为那风扇依旧转着，闪着幽绿的光，我压根就不知道哪个开头控制着它，我好懊恼，我好尴尬，而一切似乎在那一刻定格了。突然，一声富有磁性的低沉的声音飘到我耳畔，仿佛是救世主的天籁之音：“不是那个开关，让我来吧！”于是一只纤细修长但筋骨突出有力的手，替我关了那扇风扇。我想表示我的感激之情，但不容我细想，那孤傲的性格又重重包裹着我，我依然目不斜视径直走回自己的位置，匆匆一瞥的只是那套湛蓝色的西服和袖中那只还没来得及缩回的手——雪白的衬衣裹着那只修长的手，可我分明感觉到那双游离的眼睛，那种目光随着流动的空气紧跟着我，我的心为之莫名一颤。

之后，我依旧无法忘记那匆匆一瞥，那富有磁性的声音。每天我仍从教室后面穿过走廊，却多了一份牵挂。我努力想找寻那人，那双眸、那西服、那只手，但一切都是徒劳，我不能，我又怎么能够？因为，那仅仅是匆匆一瞥，那人的模样我一点也不记得，有的只是那声音，那西服和那只手。

我依然找寻。

日子日复一日地轮转，我也依然机械地重复千篇一律的动作。然而就在今冬的第一场雪的那个清晨，当我翻开英语课本准备晨读时，意外地发现了张精美的书签，画面很清冷，是一张“晓风残月图”，恰似我的心情，书签的正上方系着长长的穗，鲜红的颜色，散发着淡淡的紫罗兰的清香。书签的背后用很粗犷的字迹写着永铭我心的十六个字：“雪过初霁，旭日放晴，冰消雪解，来年好运！”没有署名，没有称呼，没有日期，但我仍能感觉到是那久违的声音，我众里寻觅的那身影。

编辑心语：

文章语言优美，心理活动描写细腻到位，可见作者有一定的语言功底和语言驾驭能力。

面临青春

左　飞

面对青春，我们有许多选择，但我们用心去细细品尝。我们会发现青春很美……

青春美丽吗？有人这样问过。

青春激越吗？有人这样感叹。

青春绚丽多姿吗？也有人这样联想。的确，青春是人生中一道亮丽的风景线，面对青春，我们就像在解一道数学题，可以一解，也可多解——

如果你是个勇敢者，青春就是你手中的一把锃亮的宝剑，机智是你的剑柄，镇定是你的剑锋，锐气则是你双刀上闪亮的光芒。面对青春，你所向披靡，披荆斩棘，一往无前，用信念与坚毅辟出条人生的光明大道；用顽强与不屈，踏出条坚实有力的人生轨迹，这便是青春，批判着世界的假恶丑，映射着人生的真善美。

如果你是个浪漫者，青春便是首无字的诗，空白的纸页上，满是空灵的梦幻，天真的异想，浪漫的青春是人生中一道独特的风景线，你用你真挚的爱，去编织一幅七彩锦画，去撰写一行行锦绣的诗篇，上面满是青春的激荡与豪迈。

如果你是个现实者，那么青春便是高速运转的“奔4”。“桌面”上满是生活的课题与追求的目标。踏踏实实，稳扎稳打，这是你人生的品格。锲而不舍，坚定执著，这是岁月对你的见证。

面对青春，我们只是这条河流中的一叶孤舟，有自己的目标、自己的航程、自己的终点。但是，我们不能随波逐流，要学会分辨主流与支流。

一解也好，多解也罢，我们都要真诚地对待。要知道投入青春的大河是件易事，但要能时刻站在浪尖，从容掌握自己的方向，则需真正了解到青春的内涵。

让我们多一份入世的能力与勇气，少一份出世的懦弱与洒脱，在迷惑中不失方向，在困难中不低头，在成功后不骄傲，则青春之树更加茂盛，青春之光更加灿烂！

面对青春，我们有许多选择，但我们用心去细细品尝。我们会发现青春很美……

编辑心语：

叩问心灵，思索青春，勉励自己也勉励别人。文章语言活泼，琅琅上口。

走过春天

胡 萍

每一天，每一季，每一个春天，我们走过的和即将走过的每一段历程，都有着各自的美丽，在不尽的追求与付出中，我们靠近梦想，走过美丽，抵达辉煌。

春天的早晨，阳光从梧桐叶的罅隙中弥散开来，穿透时间与空间，洒落至全身，对于徜徉于昨夜梦境的人们，实实在在是一场温暖的慰藉。

我们沐浴着春的甘露，以至于忘记了它的流逝，春天，就这般轻易地从恍惚中滑过，遗留下一片秋天的梦境。

秋的锦囊里少了一份春的艳丽，面对凋谢的花，残败的枝，人们不禁有几分惆怅和失落。的确，一句“花谢花飞飞满天，红消香断有谁怜”，不知引来多少人的共鸣，可我觉得，花的凋残是一个起点而不是终点，正如春的流逝，在短暂黯淡之后，辉煌将继续延续下去，四季的轮回，本是一个客观变化的规律，又何尝会有开始和结束呢？

人生亦是如此反反复复，每个人的一生都要经历一个生命的蜕变，只不过蜕变的过程比大自然的轮回更为曲折，在我们心中，都有对未来的美好憧憬，对青翠的草地、芬芳的花朵、温暖的阳光的向往，那是我们多彩的梦，为了达到那遥远而又熟悉的目的地，我们必须一刻不停地往前赶，尽管路边的春景很美，但我们不能停留下来徘徊，因为一旦落后了，就无法赶上。

对于苗圃里的空芜，我们总习惯用失望与叹息将下一季的美丽轻易遗忘，或者拒之门外，就如同我们在经历了一段黯淡的日子后，会因为失败太多而诚惶诚恐，放弃了曾经有过的执著追求，于是，我们习惯将美好定格于昨天，将芬芳定格在逝去的春天，将梦交归于幻想，然而，梦想之花垂青的是乐观、积极，始终瞄准坚定目标前进的人，他们勇于面对春后的季节，尽管少了一丝鲜明，但仍充满活力，也多出一份实在。

每一天，每一季，每一个春天，我们走过的和即将走过的每一段历程，都有着各自的美丽，在不尽的追求与付出中，我们靠近梦想，走过美丽，抵达辉煌。

春天，就又这般随着掠过嘴角的微笑到来了。

编辑心语：

时间总是在我们的指间匆匆而过，唯有在“追求与付出”中，才能靠近梦想，走过美丽，抵达辉煌。

青春的诠译

李　成

如果我们生活的梦想，只是满足于花前月下的浪漫，抑或是漂亮的容貌和娇好的身段，那我们的生命就不能留下真实的痕迹。

曾几何时，我们认为自己是人生旅途上孤独的过客，茫茫人海，知音难觅。无奈之余，只有在“欲将心事付瑶琴，知多少，弦断有谁听”的苦苦吟诵中，任寂寞吞噬心灵。

曾几何时，被一种说不清道不明的情感所困扰。渴望着有人能走进我们的心里，能读懂我们的心灵，能坐下来静静地倾听我们的烦恼忧愁、幸福快乐，还有那心灵之声。

曾几何时，我们在心里悄悄地编织自己的未来，渴望能拥有一片真正属于自己的天空。我们渴望指点江山，激扬文字；渴望得到别人的理解、尊重；渴望拥有无悔的青春。

告别童年的天真与梦想，带着一份好奇和欣喜，我们叩响了青春的大门。都说青春如诗如画，如梦如歌，青春是人生中最美妙的时光。当它微笑着向我们走来的时候，我们不再像以前那样无忧无虑，心中有了只属于自己的小秘密。我们也曾为了异性的一个眼神或微笑而激动而不安。青春的我们，渴望理解，渴望友情。我们渴望有一个避风的港湾，能容我们孤独疲惫的心得到短暂的休憩，我们多情的沙漠渴望着心雨的滋润。

我们渴望太多，也许是我们对生活的向往太多，这些追求也许还带着梦幻的色彩。但我们谁又愿意拿自己的青春赌明天呢？青春是一个多梦、多思的季节，这个季节也正是我们为理想而扬帆启程的好时候，青春的我们，要把渴望理解的念头埋在心底，把感情的种子播进求知的泥土里，把属于青春的每一个日子都打扮得漂漂亮亮，执著地写下一段奋斗的历程。

岁月无情，青春的脚步又何其匆匆！年轻的我们怎能等到白发苍苍之时，再去为曾经的无知而懊悔？错过了大阳，还有月亮；错过了今天，还有明天；可是错过了一次开花的季节，谁又能无怨无悔地轻易说声“再见”，就此忘记绿叶的守候？

一个人事业和生活境界的高度，多依靠青春时代打下的根基。现实无情的竞争，不容许我们有丝毫的懈怠。如果我们生活的梦想，只是满足于花前月下的浪漫，抑或是漂亮的容貌和娇好的身段，那我们的生命就不能留下真实的痕迹。

“时不我待，青春难再。”青年朋友们，让我们共同携起手来，扫除青春路上的“障碍”，让青春在搏击中闪光，让青春之花美丽灿烂！

编辑心语：

语言富有朝气，表达了作者追求进步与美好的纯洁愿望。

渴求

黄 菊

在这渴求的泪光中，我也一下子寻找到了我未来的社会位置，捕捉到了一个优秀教师的美好形象。

泪，各种各样。亲人重逢，流的是欣喜的泪；好友分离，流的是惜别的泪；还有幸福的泪、辛酸的泪、委屈的泪……然而我也见过另一种泪——渴求的泪，它久久地萦绕在我的脑际，使我忘记不得。

寒假里，我脑子里萌动着一个念头——去乡村看看做小学教师的表哥，但是，处在犹豫中的我始终未能动身。因为三年前，在我初中毕业选择去向的时候，就是他的一番“指教”使我步入了这个悔不该当初做“孩子王”的行列。三年来我时常悔恨自己的选择，特别是当遇见人们盯着我胸前校徽时的表情，或是听到人们对教师这个职业的不公平的议论时，我就感到委屈，感到无地自容，有时甚至也偷偷地情不自禁地掉下几颗委屈的泪。如果不是表哥的劝导和“一臂之力”，我也许早跨入了大学的门槛。想到这些便愈来愈加深了我对表哥的责怨。蓦地一个念头跃进我的脑海，何不去看看要做中国式的乡村教师“瓦尔娃拉”表哥目前的处境呢？看看现在的他还会送给我什么样的“指教”呢？于是，在寒假的最后几天，我终于跨上了北去的列车，来到表哥的家。

不巧，表哥还未下班，好在学校离他家不远，索性去学校看看。

这是一所普普通通的乡村小学，设备相当简陋。我想：我的“瓦尔娃拉”表哥不知是怎样强忍着性子在这里“诲人不倦”的，一丝嘲讽的不无苦涩的笑爬上了我的嘴角。但是，当我跨入校门，一种怪异的现象突然吸引了我：只见一群七八岁的孩子，都背着书包，有的靠墙站着，有的蹲在墙角，有的席地而坐，尽管姿态各异但都哭丧着脸，有的甚至在流泪。这是怎么啦？我好奇地走上前去询问，孩子们都异口同声地回答：“我们要去于老师的班，可校长把我们分到别的班去了。”噢，原来他们是来报到的新生。于老师！莫非就是我表哥？我禁不住又问道：“为什么你们偏要去于老师的班呢？”孩子们一齐回答我：“他教得好！”“你们怎么知道呢？”“我妈说的！”“我爸爸告诉我的！”孩子们七嘴八舌地抢答着。这时，表哥从教室里出来了，还没等我上前打招呼，孩子们就呼啦一下子冲过去，紧紧地将他围在教室的门口，扯衣角的，扯手的，抹着眼泪歪着小脖仰望的。“于老师，收下我吧，收下我吧！”一片发自孩子们心灵的祈求声向我涌来，有的甚至从表哥的腋下钻进了教室……看着这一张张流泪的渴求的小脸，望着表哥那无可奈何的微笑，听着那纤尘未染的童音，我的心一下子被震撼了。

晚上，由于思绪繁乱一时理不出个头绪，没有来得及与表哥谈更多的话就悄悄躺下了。但我无法清静下来，因为表哥家的客人络绎不绝，有拄棍的老爷爷，有乡村干部，有孩子的爸爸妈妈……表哥只能抱歉地朝我笑笑，又不停地向这些人解释着。是啊，一个班总不能容纳三个班的学生啊。过了一会儿，恳切的哀求声、诚挚的赞美声终于消失了，我迷迷糊糊进入了梦乡。突然一个高嗓门的女人的叫声惊醒了我。我抬头一看，哟，是她，邮电所营业员。据说他平日很瞧不起小学教师，她来干什么？

“对不起，打扰你们了，于老师，你就收下小玲吧，你看她从学校里回去就不停地哭，饭也不吃，觉也不睡，你说我这当妈的……”说着说着，她竟然也哭了起来。我这才看清她家的小玲也正躲在她的身后抹眼泪，面对这泪流满面的娘儿俩，表哥有些手足无措。躺在被窝里的我，心里头也是酸酸的……

在归来的途中，我的眼前不时地闪现着这一张张流泪的脸。在这些脸上，在这些渴求的泪光中，我看到了乡民们热切的向往，焦渴的希冀和对优秀教师的由衷的赞赏；在这渴求的泪光中，我也一下子寻找到了我未来的社会位置，捕捉到了一个优秀教师的美好形象。我思索着，我又掉下了泪，然而这一次的泪水却使我的心头豁然开朗了。啊，表哥，你等着吧，你的“瓦尔娃拉”弟弟一定会回来助你“一臂之力”的！

编辑心语：

有比较才有发现，人生的价值就在发现中得到了体现和升华。

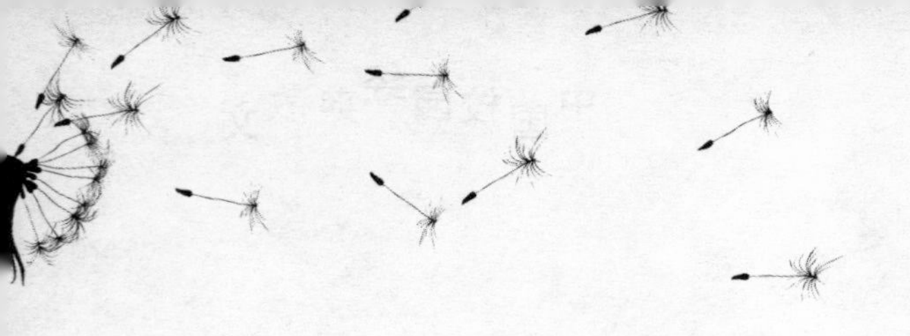

女孩

陈 雨

女孩的青春纯如一滴净水，在阳光下散射出色彩斑斓的光环，红色代表女孩的热情，白色代表女孩纯洁的心，蓝色代表女孩偶尔的忧郁……

女孩，一道清新柔静的风景。女孩，如晨曦树林中的霞光，柔柔媚媚、清丽动人；女孩，似嫩绿的枝条，一往情深地拂过波光粼粼的湖面。

爱流连徘徊于树荫小径，感受每道从叶缝间泻下来的阳光，是女孩；常往返穿行于山野杂道，领悟每一阵微风从草尖抚过战栗的，是女孩；一个人孤独地走在寒光闪烁的星夜，幻想会有一只深情的手臂来把自己牵引的，是女孩；一个人忧郁地逡巡在烟雨迷蒙的海边，企盼会有一个温暖的港湾供自己停泊的，是女孩。

女孩用感情的彩带编织生活的花篮，女孩用思念的长线串起甜蜜的泪珠，女孩用梦幻的琴弦弹响羞涩的音符，女孩亦曾幻想自己飘飘长发在风里潇潇洒洒，也曾想象自己蓬蓬短发，不识愁滋味的清纯模样。

女孩的青春纯如一滴净水，在阳光下散射出色彩斑斓的光环，红色代表女孩的热情，白色代表女孩纯洁的心，蓝色代表女孩偶尔的忧郁……

欢快的女孩如山涧奔腾的溪流，却又散发几缕大海的气息；善感的女孩是一泓碧绿的潭水，把过往柔情融入晚风中，只让痴情的浪漫去伸延。女孩的目光是真诚交汇的闪电，呈现出阴暗角落的真实，既有凄风苦雨独自踯躅的迷惘，也有雨过天晴花更馥的欣慰。女孩，即使笑容透露出一丝遥远的冷漠，也必编一个理由，找一个华丽的借口，只把心中的话托明月来倾诉。一缕风，飞散女孩的披肩发，一幕雨浴湿女孩的连衣裙，这都是难觅的意境。

清纯恬静，柔情如水，清清静静是女孩的特有；玉洁冰清，玲珑剔透，款款温柔是女孩的追求。疲倦于奔波时，女孩是温柔的怀抱，让你尽情地依靠；陶醉于欣赏时，女孩是你清醒的诤友，让你蓦然地回首……

编辑心语：

文章语言华丽，浪漫，有节奏感。

6

CHAPTER

第六章

压在抽屉里的诗

在我们的回忆里，总有一首压在抽屉里的诗，或许是她写给你的，或许是自己写给自己的。而今，诗中的月亮、星星已恍如昨日了，唯一不变的，是那段难以忘怀的青春，而它仍是一首压在抽屉里的诗。

梦中的篮球场

佚 名

从名单上我得知他叫林风，我发现他只抱着那个篮球，其他什么也没带，再看看自己被塞得快撑破的书包，觉得他实在不同于一般的新生。

他叫林风，是我的初中同学。我们的第一次相遇颇为偶然，初中新生报到那天，教学楼前被新生和家长挤得密不透风。我一看离报到时间还早，就转到了教学楼后的操场。

宁静的大操场与方才的熙攘相比真像换了个世界，我深深地吸了口新鲜空气，十分得意自己的忙里偷闲。恰在这时，我发现操场的最南端有人在投篮，好奇地走近才看清是一个高高瘦瘦的男生。他的投篮动作既优美又娴熟，球像被遥控似的一次次飞进篮内。我虽然对篮球一窍不通，但此时也看得有滋有味。

过了一会儿，他收了球，转身向我走来。我这才意识到一直盯着别人打球是很唐突的，就转身要走。

“你是新生吧。”

“嗯。”我老老实实地转过身回答，心想这肯定是位高年级的“师兄”。“我和你一样，刚来这儿没20分钟。”原来如此！既是同学说话就不必小心翼翼了。我奇怪地问：“别人都在等着报到，你怎么跑到这儿打起篮球了？”“咦，你不也没老实待着，跑操场上溜了么？”说完，我们都禁不住笑了。

于是我们一起去看分班的情况，我从一片密密麻麻的名单中找到了自己——三班。而他恰巧也在三班。“一起出发，目标三班！怎么样？”他兴奋地发出邀请。从名单上我得知他叫林风，我才发现他只抱着那个篮球，其他什么也没带，再看看自己被塞得快撑破的书包，觉得他实在不同于一般的新生。

就这样，我们成了同学。说来可笑，在班上，我是第二矮的女生，而他则是最高的男生。由于他足足比我高出一头，所以我总得仰着头和他说话。但这并没给我们的交流造成什么障碍，我们很投缘，对很多问题的看法都很相似，往往只需动作、手势、一颦一笑就足以领会彼此的意图。更多的时候，我们会不约而同地做同一件事，说同一句话，这也许就叫做心灵相通吧。记得一次我生日，上课后打开文具盒，一块火红晶莹的雨花石就跳入眼帘，下面还压着一张纸条，写着“Happy Birthday”。尽管没有署名，但我知道一定是他，因为我曾对他说过我喜欢红色的雨花石。而他，也会在每月初从书包里找出一本刊登有篮球新消息的杂志，要么就是发现书包的拉链不知何时悬挂了一个小玩意——篮球形的钥匙链在晃晃悠悠。

每次打扫卫生，当我望着高处的窗户一筹莫展时，身后总会及时伸过来一双手，接过抹布，一声不响地擦玻璃。我真心的谢意刚送出口，他就会用那双含笑的眼睛望过来，问遍“好朋友互相帮助还用得着谢吗”，我只得乖乖地把下面的话收回去。

林风的篮球玩得很棒，他是我们班篮球队的主力，每次我们班打比赛，我都是拉拉队中喊得最响的。我觉得只有在篮球场上，他才是真正的林风，才是他最放松最精神焕发的时刻。因为他的学习成绩并不好，只能在班上排中下等，为此他没少挨批评，很压抑。我曾认真地问过他，你这么聪明，为什么不努把力，把学习搞好，也免受那些凭成绩看人的老师的气，为什么不证明，你不比那几个一下课就待在教室里的男生差？可他总是略带无奈地说，没办法，他一见到枯燥教条的课本就头疼。有背“之乎者也，ABC和xyz”的工夫，还不如看他那一套百科全书和打一场篮球赛呢。横竖说不服他，我也只能鸣金收兵了。

两年的快乐时光很快过去了，依照惯例，初三时学校要把各班的优秀生抽出来组成一个“加强班”，给这个班配备最好的老师，经过一年的强化训练，多半能考上市内的那所省重点中学——九中。这九中可是每年中考的热门学校，很多人挤破头地想考到那里。最后，我以年级第一的成绩上了“加强班”，可林风还得留在原班。想到以后不在同一班，见面的时间就少了，我不禁有些黯然神伤，而他却把手一挥：“还在一个学校，见面的机会少不了！”可我知道，他只是不想让我太难过。

“加强班”果然不同凡响。从初二暑假我们就纵身跃入题海，直游得昏天黑地。“中考”和“九中”成了老师的口头禅，也整天挂在家长嘴边。这期间我唯一轻松的时刻就是在上学路上与林风相遇共行。这时即使我们什么也不说，心里也是舒展畅快的。更多的时候，我们在校内匆匆碰面，便送给对方一个会心的微笑，这微笑中承载的问候和关切彼此都不难体会出来。

时间精灵倏地溜走了一大批，再有3个月就要中考了。各班都投入了更紧张的复习，我却越来越经常地看见林风活跃在篮球场上，似乎中考和他毫无关系。这怎么行！要知道，上不上九中可是一个转折点。如果能考上九中，就等于一只脚跨进了大学门槛，说不定一生都会随之改变。这天放学，我急急地收拾好书包，决定告诉他这些利害关系，好催促他加一把劲儿。谁知刚走出教室，就看见他在不远处一棵树下向我招手。我跑了过去，他递给我两本书，说：“看看是不是对你中考有用。”接过一看，一本是《中考决胜题典》，一本是《拿下物理100分》，顿时心里一热——他知道我正为物理头疼呢。我翻了翻，两本书都是权威机构编写的，内容也很不错，就说：“这么好的书，你不如留着自己用吧．我有老师发的资料。”他听了苦笑着说“我的程度自己心里清楚，看不看都一样。还是你用吧，对你会有帮助的。”我听了既难过又生气，真有点儿“怒其不争”了，不由地大声说：“你就这么没出息吗？书你拿走；不看就撕了！以后也别再来找我！”说完把书扔给他，扭头就走。他急了，忙拦住我，塞过来一本书：“好，好！我答应你一定尽全力。咱们一人一本，都争取考上九中！”从那以后，我们就埋头扎进书堆，我知道他为了考上九中真的动了劲儿。因为后来再见面时他总是一个接一个地问我问题：我也曾好几次在晚上12点以后接到他打来请教问题的电话。幸好他人聪明，基础也不是很差，成绩很快就有了起色。

于是，每天深夜当我又一次支撑不住想扔下书本去睡觉时，便会想到在这城市的另一座台灯下，还有一个勤奋的身影在和我一起，正为同一个目标而伏案苦读。我就命令自己坐起来，重新捧起大大小小、厚厚薄薄的书。

中考前五天时，学校下令全体初三生放假回家复习，进行最后备战。那天我拖着快被耗空的身体走出校门时，却正迎上林风含笑的眼睛，他跨在车上，兴奋地说："走，咱们到九中看看！""去九中，看什么？""走吧，听说那里新建成了一个一流的室内篮球场。再说参观九中也可以鼓舞我们向它发起进攻嘛！"去就去。我们一口气骑到了九中，走进那高耸的大理石校门，确实有种与众不同的感觉。我们找到了那座新建的体育楼，室内篮球场就在里面。正巧那里正在举行比赛，我们就混水摸鱼溜了进去。好明亮宽敞的赛场啊！整个篮球场都是用平整光洁的木板铺就，大小完全符合标准，比我们学校露天的水泥场地好到天上了。二楼则是环形的观众席，一排排舒适的座椅整齐优美地摆了一圈，正好可以清清楚楚地看清下面的比赛。林风在赛场周围跑了一圈，兴奋得像个小孩子，一会儿他跑了回来，满脸都是昂扬的笑容，眼睛里饱含憧憬："我们来订个协议吧！将来我在下面的赛场上打球，你呢，就在上面看着，为我加油鼓劲儿！怎么样？""没问题！"看到林风这么有信心，我别提多高兴了。

令人揪心的两天终于熬过去了，我和他都开始了漫长的等待。终于有一天，同学通知我考上了，而且成绩相当好。可我心中的石头却始终没落下来：怎么还没有林风的消息？难道是没考上？不会的！一定不会的！我几次想给他打电话，号码都按了一半，却又挂了。对了，上学校问分！我骑着车3分钟就赶到学校，看见几个同学正拿着中考成绩单查分。好不容易等他们看完，我一把夺过来就找他的名字，林风！找到了！我用手按住分数，抑制住怦怦的心跳，不停地祷告：一定要考上，一定要考上啊！然后小心翼翼地把手移开……

接着我的心就一沉，隐入了黑暗的冷湖——他还差8分到分数线。怎么会？怎么会差那8分呢？这就是说，他上不成九中了！也就意味着，他与自己梦中的篮球场无缘了！我突然忍不住地想哭，要知道，这成绩已是他拼了3个月，竭尽全力才换来的呀！他以原先并不好的基础，考出这分数已实属不易，可为什么最终结果还是这样！这对他太残酷，太不公平了！我仿佛又看到了他含笑的眼睛，又听到了中考前我们在篮球场订下的协议：“将来我在下面的赛场打球，你呢，就在上面看着，为我加油鼓劲儿！怎么样?”“没问题!”……

9月，开学了，我自然踏进了九中，却没有激动不已的心情。而林风也到市郊一个很偏僻的学校上学了。现在，九中也组织了高一篮球赛，我也终于以高一学生的身份坐在观众席上看比赛了。但篮球场上却不见林风，我静静地坐着，任凭那欢呼的声浪淹没了我。当一个个生龙活虎的男孩兴奋地在场上奔跑、跳跃、投篮时，我的眼前便出现了另一个年轻的笑脸。其实，他原本也该在这篮球场上的，因为这里曾记载了他一个再难实现的梦想。

编辑心语：

短短的三年时光记录了一段纯洁美好的情谊，虽然会师的愿望最终没有实现，但是我们都有了一个美丽的珍藏。

压在抽屉里的诗

汪　洋

年少的我还没有资格驾驭男女情感方面的能力，于是拿出那本为她写的诗集，认真地看了一遍，然后把它放进抽屉的最底层。

那是开学的第一天，正是秋高气爽。

我所在的班级人数较多，女孩儿们一个个花枝招展、充满朝气地走进教室，但这没能让我心动。就在我烦躁不安时，她出现在教室门口。记不清当时她穿什么样的衣服，我只感到眼前一亮，心中的烦躁便倏然平静下来。她坐在我的前排，黑黑的长发展露在我眼前。我一直很喜欢女孩长发，那柔柔的长发总能让我年轻的心浮想联翩。

我认为自己非常优秀，不轻易因他人而萌动青春的心灵。然而我自认为的这种优秀，却被和她的第一次见面击得粉碎。我无法不在心里强烈地牵挂她，无法不让生命的血液为她流淌。

自此，我的生活多了一个最撩人心的情节，时时用温暖的目光凝注她。

很想和她相识，却又不敢。班上的几十个女孩里，她相当出众，讲一口流利的普通话，声音圆润富有磁性。同在一个班大半学期，我和她竟然没说过一句话，虽然心中那样强烈地想和她交谈。

我不清楚自己为什么会产生这样的心理，我很讨厌与她交往的其他男孩。这种情形，把我的学习生活完全搅乱了。我可以为她一个不经意的注目兴奋好几天，也能够为她与其他男孩的交往伤心好几天。

我开始在日记本里为她写诗，为她写的诗没有给她看，我不敢；也没有给其他人看，我不愿。尽管在心里那样在乎她的一举一动，却极害怕别人知道。

第一次与她谈话，是那次她向我约稿。她是校文学社的编辑，正组一批抒情方面的散文稿。尽管与我并无交往，但她从别人那里知道我的文笔还不错。

心里，那样渴望与她交谈，然而一旦成为真的，我却又不知所措。语无伦次中，我竟然对她说不愿为校报写稿，说那级别太低。听到我的话，她脸色一变，尴尬地转过了身。见她如此，我的心里很难过，为自己的笨拙，为自己的自以为是。为什么我就不答应她呢？为什么我不借此机会与她增进了解呢？

不知不觉中，我已为她写了一百多首诗。在自己营造的诗歌意境里，我活得既痛苦又幸福。有朋友告诉我，说不少男生在追她。听过朋友的话，我心里一紧。莫名其妙！难道真的爱上了她，我不敢面对。

星期天，几个同学结伴去公园溜冰。我本不想去的，可听说她也去，我就毫不犹豫地去了。我天性胆小，伙伴早在场地上溜开了，可我还扶着栏杆磨磨蹭蹭。我发现她溜得挺顺，那动作比跳芭蕾还美丽，我索性一动不动地坐在一边，一双眼睛不停地搜寻着她欢愉的身影和那一头黑黑的柔柔的长发，一个男孩摔在地上，她马上弯腰，一个优美的动作将那男生拉起，我心里酸酸的，要是我是那个男孩多好，那样的话，她就可以牵我的手，我不知道那感觉会是怎样，因为我从没有正式牵过女孩的手。

也许我一个人孤单地坐在那儿引起了她注意，正在我想入非非的时候，她款款地向我滑过来。我不敢正视她灿若春花的容颜，急忙低下了头，感到自己的面颊发烧，心儿怦怦乱跳。我怎么变得这样胆小？

“哎！你怎么不滑呀？”

她那银铃般的声音滑进我的耳膜，震撼着我的灵魂，我不敢回答她。她伸出素白柔嫩的手，不由分说地拉起我。我立即有一种触电的感觉。我随着她进入场地中央渐渐地被她的欢乐所感染。我的手暖暖的心里暖暖的，没想到她待我这么好。

溜冰回来后，几位要好的朋友调侃我，说她喜欢我。被幸福感冲昏头脑的我，也沾沾自喜地以为她心里有我，要不，怎么会拉我？欢喜中，我把以前悄悄为她写诗的那个笔记本拿出来给几位朋友看了。他们怂恿勇我向她“进攻”，说凭我的实力，肯定能够成功。于是，我把写给她的诗，好好地抄了几首，然后叫朋友转交给她。

之后，我心情焦虑地等待她的回音。那等待是那样漫长。我不知道迎接我的会是什么结果，我祈祷她对我满口应承，却又害怕她的应承。其实，也就半天时间，朋友带回了她的信。她在信中这样写道：

写诗的男孩：

感谢你对我的这份感情。青春岁月里，能够拥有这份感情是多么美妙。

你的诗写得好极了，我很喜欢。诗歌我留下，却不能接受你那份美妙的感情，年少的我担负不起，你也承担不起！其实，喜欢不一定就是爱。我们还是携手学好知识，为明天多做准备吧。

你是我很好的朋友。

看过她的信，我的心里有一丝难过，却并不强烈。静下心来仔细想想，才发觉她真的对每个同学都很好，对每个人都有一种兄弟姐妹般的关心与疼爱。

当时，我心里挺难受，后来还是释然了。因为年少的我还没有资格驾驭男女情感方面的能力，于是拿出那本为她写的诗集，认真地看了一遍，然后把它放进抽屉的最底层。

编辑心语：

青春短暂，别让沿途美丽的风景阻挡我们前进的脚步。

聚散两依依

陈 鹏

这时候，我才第一次能仔仔细细地看着她了，今天正是晴天，太阳恰把一道光投在她的短发上，泛起一层柔柔的光晕，就像细雨打在大地上，托出一层水雾一般，但金色的光晕比水雾更明媚一些。

那一年，我高三，她初二。

有一次学校篮球比赛，我们班输了，而我也擦得皮开肉绽挂了彩，路都有些走不了。同学搀着我的手臂，向4楼的教室走去。走到2楼，几个初二的女孩正冲着我指指点点，大概为了逞强，也好显出些“英雄气概”，我把右手从同学的背上放下来，左手扶住楼梯扶手，说：“没事，我自己走。”却不料那只刚放下的右手蹭了一下腿上的伤口，顿时痛得我龇牙咧嘴，不禁低下头，擦拭渗出的血水。当我抬起头来，眼睛正无从着落，恰好碰上了一道目光——是她。这一瞬仿佛被延时了一般，我几乎是凝视了她一阵子：她并不像所有过路人那样注意我的伤口，而是把目光洒在我的脸上，那样关切，好像妹妹看着哥哥，好像我与她早就相识。

然而这毕竟只是一瞬，同学又把我的手抬起来，继续往上爬。这以后我常常回忆那一幕，回忆起那样关切而清澈的目光，还有那短发下的一张可爱的脸。然而每一次我都不禁要重重拍几下自己的脸：我高三了，她才初二啊，即使这就是“缘分”，也还有太多的理由让我可以而且必须忘掉那双眼睛。

缘，在人们的心中总是美好的，但于我，这只是一次美与无奈交织的遭遇。我强迫自己忘记，于是一反常态地学习再学习。终于我觉得可以忘记了。然而那一天……一如往常，下了课，下楼，走过林荫道，去校门口的传达室取报纸。其实那是个深秋初冬的季节，林荫道也差不多成了“落叶道”了。天空也不晴朗，而是伴着北方特有的苍黄色，大概是因太阳很努力地想穿过云层却终究不能做到。我把手插进衣袋，很随便地低着头，踱步在这些来不及扫去的落叶上。风从我背后一吹，地上的一片片黄叶便向前翻滚出去，我微微抬头——却看见了她，正走过来。我微微一怔，连脚步都不大自然了。我没有时间来嘲笑自己的失态，因为她越走越近，而且那双眼睛依旧如此看着我。五米，三米，二米……终于，她走到我的面前，我干脆也把无所适从的目光放到她的脸上。一瞬间，与她离得那么近，而这一瞬，已不仅是“延时”，根本就似凝固了一般。就在这凝固了的彼此擦肩而过的一瞬，她看着我，眼里流露出的，是与我一样的惊喜、局促，还有些许羞涩，更有一种无法让我读懂的神情，如果可以找一些最相近的词来形容，那恐怕，是期待与失败正在挣扎的样子……

天还是苍黄的，树上的叶子一片一片缓缓落下。我与她的眼睛相距0.618米——听说这是一个黄金数字，而一片梧桐的黄褐色的叶子，偏偏在距我0.382米的地方，悠然飘落，恰恰遮住了她的眼睛。这一刻，仿佛这片叶子按下了“PLAY”键，凝固的时间随之再一次运行起来。转瞬，已经与她背对着背了，所以我仍不知道，那期待与失望一齐涌来的眼神，在那片叶子落下的一刹那究竟变成了什么样子。好一片“黄金分割”的叶子。可奇怪的是，我不仅不觉得它分割了什么，更怀疑它是不是续上了什么。从那以后，我每每经过2楼，都不经意地带过一眼，而每次都能看见那双眼睛，和她浅浅的笑意。

许许多多的事之后，我长大了。学会了忍耐，学会了把持一份无奈而特别的美丽，尽管这样的美丽总让人觉得心里有些空空的，却也并不是空虚，所以一直我都没有再多做什么，只让这朵美丽的百合静静开放着。送走了秋天的浪漫，熬过了冬日的寒冷，享受了春风的和暖，迎来了夏季的辉煌，终于，我要毕业了。七月里的一天，那是我在中学里的最后一天，毕业班的同学们都聚在一起。得知这一天其他年级也要回校，我便买来几张卡片，我想送一张给她。虽然不曾与她交谈，但我相信，她一定也和我一样珍惜这一份遭遇而来的缘。其实我的字写得并不算差，但在写卡的时候，笔却总是拿捏不稳。还好我有所准备——多买了几张，其他的全都报废了，还剩这最后一张。我凝神良久，按下笔去。一笔一画，终于把它写成了。然而签名时，却又犹豫了。对于她，我只知道她的样子，还有她在初二，而且与我一样在3班，别的，就一无所知了。既然是缘分，既然从不相识，既然从此陌路，我又是何必写上自己的名字呢？心想，只要能记起曾经有这样的一个，那就够了。名字，仅仅是代号而已。于是我的笔顿了一下，写上日期，便撂下了。

第二天回校，班里的同学们忙着互致纪念，也有人偷着流泪，好像是世界末日一般。我与几个朋友买来啤酒对饮，老师看见，也睁只眼闭只眼算了。这一天我穿上一件从来不穿的红色衬衫，擦了一次从来没有擦过的皮鞋。

一番喧闹后，同学们都稀稀散去，只留下我和两个“哥们”了。3人关上教室的门窗，把酒洒在门前的走廊上，便沿着楼梯走了下去。到了2楼，我又看见了她，正和她的一个朋友站在从前她一直站着的地方。她仿佛也在等着我，因为她的教室里，已经空无一人了。

我对身边的朋友说了句“稍等”，便迎面向她走了过去。她看着我，且惊且喜。走到她的面前，我伸手从口袋里抽出那张卡片递给她，她接过去，起初有些诧异，随后便低下了头。这时候，我才第一次能仔仔细细地看着她了，今天正是晴天，太阳恰把一道光投在她的短发上，泛起一层柔柔的光晕，就像细雨打在大地上，托出一层如水雾一般，但金色的光晕比水雾更明媚一些。她长得瘦削却又不是纤弱，大概可以用“玲珑”来形容——我不太会找形容词。她的皮肤并不像小说中美女一般的白，脸上正泛着微红。她低着头，而那双奕奕的眼睛透出的光，穿过齐眉的发梢，正停在我的眼中。

我不忍心再看下去，因为越看越不忍心说再见。于是，我轻声说：“再见了。”她倏地抬起头来说：“等一等!”她跑进教室，又出来，手里拿着一张卡片递给我。我接过，正要转身，却看见她的眼里闪着晶莹的东西。我不敢看了，转过身去，迈出两三步。她的声音传了过来：“再见……”很明显，她哭了。我鼻子一酸，但我曾告诉自己——决不能哭。朋友正怔怔地看着我。我走了过去，把手往两人肩上一搭，很响亮地说：“走，咱继续喝!”……

晚上，回到家里，躺在床上。想起以前的事，想起往昔种种，小时候，初识一个“缘”字，觉得它神秘而且美丽，但我却不甚懂。长大了，有了些理智，缘依旧神秘而且美丽，只是更让我懂得了它的咸涩味道。也许是酒意未散，想到这个，我甚至觉得只有自己才懂得这些。想脱了衬衫，却被什么东西卡住了胸膛，伸手一摸，原来是她给我的那张卡片——光顾着和朋友玩了，居然现在才想起。我拆开封套，卡面上画着一颗心，有意思的是，心的颜色并不是红的，却布上了足球五边形的黑白花纹。我打开，工工整整的几行字，竟然和我写给她的一模一样！

聚，是缘；散，亦是缘。

我把目光往下移，再往右挪……的确，只有日期，没有名字。

编辑心语：

羞涩地倾诉着一段如烟的往事，残缺的美丽在作者的笔下铺陈开来。

一封家书

纯 子

我不想在这里打开信，于是又跑到走廊尽头的厕所里，在厕所昏暗的灯光下，我迫不及待地撕开信，里面滑出一叠纸，我迅速打开，上面写着：你误将给家人的信投到广播站稿件箱里，特奉还。

高中时，婷比我高一届，是个非常秀气的女孩，加上她是校广播台的主持人，吸引来不少多情的目光。那时，我是校内小有名气的“小作家”，经常在校内各类作文比赛中夺得桂冠，广播站播出的稿件中更少不了我的名字。

对于婷，起初我只闻其名未见其人。一个偶然的机会，广播站邀我参加一次座谈会。婷精彩的发言和文雅的举止给我留下深刻的印象。她在我心中成了一道永远无法消失的风景。每当路过他们班教室，我的视线总不知不觉被牵引到教室前面的位子上，如果位子是空的，失落与空虚之感会很快笼罩我的心。婷主持的节目叫“青春浪花”，以散文的形式描述中学生的心态。那个节目后来几乎成了我的专栏，因为我给广播台投稿频率越来越高，而且几乎每稿必用，当时我不知道是我稿件质量高还是婷对我的稿件情有独钟，每次听到喇叭里传来婷圆润甜美的声音，我就如痴如醉。

晚上睡觉之前，住着三十几条“光棍汉”的大宿舍里往往成了“选美”会场，冲淡了白天紧张的学习气氛。婷总能“粉墨登场”，有半数的人认为她是“校花”，另外一半的人则认为她矮了点，总体上比不过常在文艺晚会上露面的县文化局局长的千金，尽管如此，大家一致认为得到婷可谓“一旦拥有，别无所求”。说归说，做归做，谁也不敢越雷池一步。

一天晚自习，婷突然来到我们班教室，递给我一封信。信不厚，信封也不写任何名字，而信使我们之间平静的湖面荡起波澜，扬起了我心中的风帆。同学们顿时沸腾起来，怂恿我马上打开，一睹为快。而从未收到过女孩信的我像只受宠又受惊的小羊羔，心跳急剧加快，满脸发热，面对周围几十双好奇的目光，我只好小心翼翼地将信放到抽屉里，并加上锁。

我的心一直被静躺在抽屉里的那封信粘住，好容易才熬到下自习。正当我欲溜出教室背着同学们看信时，班主任幽灵般出现在教室门口，按以往的经验我意会到他肯定是训话来了。果然不出我所料，他喋喋不休说了一大堆话。我极不平静如坐针毡地坐在位子上，满脑子都是那封信，根本听不进半句话。直到十一点，教室、宿舍均熄灯了，训话余兴未减的班主任不得已让我们回宿舍。这期间多么漫长！

宿舍里漆黑一片，未洗脚就上床的同学开始谈论婷给我的信，说我如何有艳福，我则悄悄溜出宿舍，路灯就在宿舍门口，我不想在这里打开信，于是又跑到走廊尽头的厕所里，在厕所昏暗的灯光下，我迫不及待地撕开信，里面滑出一叠纸，我迅速打开，上面写着：你误将给家人的信投到广播站稿件箱里，特奉还。

编辑心语：

一个美丽的故事，一个“欧·亨利”式的结尾，巧妙而又自然。

牵　手

江　雪

往后许多次排练，一直到正式表演，我们完全遵照老师的“牵手命令”，不敢乱来。我的脚拘谨地跳着，而我的眼总是偷偷地瞄着小君那一对。那原本是我该牵的手，可现在，却是别人在牵。从那之后，我就没再和小君说过其他的话。

那年我在学校读中学二年级。

我是个沉默的孩子，平常在班上都不太爱讲话，加上自己个儿高，座位被安置在最后一排。说也奇怪，我却喜欢这个样子。我不想理人家，也不想让人家理我。由于坐的是最后一排，我看得到所有的同学，清楚他们在私底下做的一些小动作，因为整个班级的下面是老师的眼睛在管，而背面是我的眼睛在管。

我的眼睛真的很像一具侦测器，专门探听别人家的背景。这样的看，那样的瞧，不知怎么回事，我的视线总停留在班上一位女同学的颈背。她叫小君，和我一样，也是个话语不多的孩子。她的一对发辫，像两道溪流从后脑勺流下来，长长的，乌溜溜的，黑得发亮，从背后瞧过去还真是好看。

她的脸蛋非常漂亮。同学总说，和班长谈恋爱的那个女生最漂亮，可是在我看来，小君比她还漂亮。

降旗典礼过后，学校放学了，一大堆同学在操场上排路队准备回家，唧唧喳喳的，好像一群麻雀。

小君因为跟我住同一个方向，所以排在同一队，只不过，她是女生，排在前头，我是男生，排在后头。

路队出发了。一路走，一路有不少人离了队伍，到最后，整个路队总剩下我和她。

我们仍是一个在前，一个在后，仍是沉默地走。

老实说，我喜欢这样一个在前，一个在后，两个人默默地走。大风在吹，小君的发辫在风里荡来荡去，荡个不停。

然后小君拐了弯，走进那条巷子，消失不见，我才回家。

挨过了无数个沉默的日子，直到有一天，我终于有机会开口和小君说话，而且是她主动找我的。

那是一个星期天，我俯在饭桌上做作业，有个女孩的声音在窗口响起："老师在上星期交代的话，我没听清楚，想请问你，明天是不是交作文？"是小君！她的普通话很标准。在班上，我曾经听过她被老师点过名叫起来读课文。我喜欢听她的声音。

我答说："是啊！"

她又问："要写哪些？"

我讲了一个范围，刚讲完，我马上提出纠正，因为太紧张的缘故，我讲错了。

"那明天要不要交数学作业？"

我愣着头想了想："好像没听说！"

她对我笑了一笑："好，我知道了，谢谢你。"然后转身就朝她家的方向走去。

望着她离去的背影，望着那对甩动的发辫，我心中激起一阵莫名的狂喜。她跟我说话了！她说最后那句话时的笑容，是为我而笑的！就从那一刻开始，我决定以后上课一定要好好地听讲。

以后很多次，在放学的路上，我想跑上前去问她，老师布置的作业记住了吗？要不要我告诉你？可是我始终没这个勇气。

日子沉默得令人难过。后来有个机会，我又和她说了一句话——是的，仅仅只有一句，而且只有一个字。

那时，为了庆祝一个活动，我们班上要排练一个舞蹈节目。在第一次排练时，老师安排搭档舞伴，居然把身高也不矮的小君和我排成一对，见到这样的安排，我一颗心简直要从嘴里跳出来。

老师说，节目是表演给来宾观看的，大家一定要尽力，男同学女同学的手一定要牵在一块儿。

一听这话，我的脑袋一时嗡嗡作响。老天！我一直幻想着和小君牵手，没想到竟是在这种情况下牵的手。

可是我连她的手也没碰到。跳舞之前，她跟班上很多女生的做法一样，从地上拔了一根长长的草，捏在食指和大拇指之间，不好意思地对我说："等一下我们牵这个。"而我一阵脸红，违背自己的心意，居然就说："好。"就是这么一句话！

第一次排练跳得糟透了。老师气得很，骂我们大家牵什么草根？为什么不牵手？他一边责备着，一边把舞伴调整了，把小君从我的身边挪给别的同学，然后换了一个长得似乎更高的女生给我。

看着她走掉，我的心情跌到了谷底。

往后许多次排练，一直到正式表演，我们完全遵照老师的"牵手命令"，不敢乱来。我的脚拘谨地跳着，而我的眼总是偷偷地瞄着小君那一对。那原本是我该牵的手，可现在，却是别人在牵。

从那之后，我就没再和小君说过其他的话。

编辑心语：

作者情感细腻，特别是心理活动描写自然而又丰富。

十六岁女孩

欧 倩

十六岁的女孩有着像七色花一般美的憧憬，有天空一样广阔的追求，艳阳下奔放的衣裙，无忧的笑容，不息的奋斗，应和着时代的呼唤。

不只一次地失眠，不为什么，只为一份可有可无的执著，一份忐忑不安的心情，一句遥远而虚无的祝福，一个不经意的眼神。从来不会考虑自己所想所做是对还是错，更不会计较什么得失。

别人都说十六岁的年华如诗如画，只是我在这十六岁的年头，却不只一次地想过自己是否需要一个心理医生，然而又总认为这只是因为自己的执著所致，随后便开始自我安慰：执著是一个缺点，也是我的一个特点，尽管我无法改变，可也必须接受。既然是这样，那又何必苦了自己呢？

十六岁的我，也曾有过一段光辉的历史，一直自我感觉良好，可到头来我发现还是没有收到回报，也只好自己安慰自己：还会有人支持我的，只是我看不见而已。就这样，说不清是自己欺骗自己，还是现实欺骗自己。

十六岁的我，拥有一个让我温暖得有点发热的家，父母与我之间，是一条大大的鸿沟。父母可以找出一个充分的理由为他们自己的行为辩护；偷看日记的代名词是理解，咄咄逼人的代名词是关心。虽然我也曾反抗过，可势单力薄，并没有改变些什么。久而久之，也只有慢慢地平静下来。

十六岁的我，内心的火焰正准备喷薄，可潜藏在内心的困扰和忧虑一次又一次地把它湮没，现实的我是唯美主义者，谁不渴望眼前的一切都是那般美好？我的十六岁驿站中并非没有美好的东西，而这些像是蒙上了一层面纱，若即若离，若隐若现。在执著和忧虑的边缘，那些美好的东西，只在我的一念之间。十六岁的青春女孩，我应有属于我的那份骄傲和惬意。

树影斑驳的林荫路孑然的身影，那是孤独。

夜风游荡的大街头飘然的长发。那是寂寞。

皮鞋跟柏油路演奏的乐曲，追随着我十六岁的纯净思索。

当夕阳收回最后一抹笑颜，当夜空送来最初一丝清凉，却又是一个全新的我。

哦，感谢仁慈的上帝，将我塑造为女孩，感谢多情的岁月，给我十六岁的花季。

十六岁的女孩有着像七色花一般美的憧憬，有天空一样广阔的追求，艳阳下奔放的衣裙，无忧的笑容，不息的奋斗，应和着时代的呼唤。

站在十六岁春秋的驿站上，我看见十七岁在向我招手……

编辑心语：

文章语言流畅，富有韵律。

7 CHAPTER

第七章

咖啡味的人生

有一天醒来，发现身边的余温犹在，只是身边早就失去了人的痕迹，或许是梦吧，该醒的时候自然就醒了。只是为了见证那个曾经存在的东西。

栀子花开

王宝红

一天，栀子走进教室，她闻到了那熟悉而又陌生的幽香。同桌递给她一朵花。哦，那是她久违了的栀子花。只不过那雪白的花瓣上有一滴早晨的露珠，像是谁的泪珠。

一朵朵纯白的栀子花，那么无瑕，那毫不骄矜华贵的花儿哟，那沁人心脾的幽香都是栀子的最爱。

栀子是在栀子花开的时节出生的。那时，家门口的栀子树开满了雪白的栀子花，栀子就是闻着栀子花香出世的。娘特爱栀子花，就给她起叫栀子。

每到栀子花开时节的晚上，一家人就坐在帷盖似的栀子树下乘凉，闻着袭人的花香，娘给躺在怀里的栀子讲着古老的永不褪色的神话，爹拉着栀子的小手数着那永远也不数清的星星。这样一直伴着栀子走过童年。

上小学时，年轻而漂亮的女教师教给大家一个词“理想”。问：“同学们，你们有什么理想?”小伙伴们像小麻雀一样吱吱喳喳，有的嚷道：“我要造飞机、造火箭。”有的说：“我要当艺术家，所有人都喜欢我的歌，我的舞蹈。”小伙伴们都讲完了，只有一个人没有说话，是栀子。老师问：“栀子，你的理想是什么呀?”栀子仰起头，天真地说：“我要把栀子树栽到各地，让所有人都能闻到栀子花香。”话音刚落，同学们哄堂大笑。栀子羞红了脸，坐下了。老师微笑着说：“栀子讲得最好。”栀子甜甜地笑了，笑得像那纯洁的栀子花那么美，那么香。

转眼间，栀子上了初中，爹在外面做生意赚了点钱，想把家里的瓦房翻成楼房。爹嫌屋前那棵栀子树太碍眼，要砍掉它。栀子不知是从哪里来的力气夺下那把砍在树身上的斧子。栀子的坚决使爹没有下手。栀子从学校回来，再也听不到那古老的神话，听到的只是今天谁借了多少钱，打麻将输了多少钱。

栀子树仍旧每年开花，只不过不像往年那么多，稀稀拉拉的几朵白花，躲藏在慵懒的叶子里，显得那么可怜，那么萧条。栀子知道那是因为家里没有人管它的缘故，他也知道是因为金钱的光环环绕着它，使它失去了往日的生机和活力。

后来，栀子进了高中，繁重的学业压得她喘不过气来。此时，她的心里已没有了那棵当年承载她的理想的栀子树，爹和娘也长期处于冷战之中。她已管不了这么多了，她的心里除了高考还是高考。

栀子树变得更加衰败，那帷盖似的树冠没有了，只有几片零零落落的叶子，而每年也不再开花了。最终，爹又要把树砍断了，在斧起树倒之际，栀子什么也没有说，任凭那倒下的树带走她的记忆。

那天，栀子偶遇了那位教她“理想”的女教师。两人闲聊着，老师问：“还记得小时候的理想吗?”栀子一脸茫然，默然了。老师提示说;“就是栀子花呀!”栀子尴尬地笑了，笑起来像朵苍白无力的栀子花。

一天，栀子走进教室，她闻到了那熟悉而又陌生的幽香。同桌递给她一朵花。哦，那是她久违了的栀子花。只不过那雪白的花瓣上有一滴早晨的露珠，像是谁的泪珠。

栀子好怀念那栀子花开的时节……

编辑心语：

纯洁善良的心里装着朴实的梦想，似乎让我们闻到了一股淡淡的栀子花香。

友谊的航班

沈小玉

我知道我的心里不再装着满满的秋了，或许我可以做得更好些，而此刻我要做的不是祈求别人接受我；而是收拾好心情，搭上春的列车去追赶那友谊的航班。

三月的晚风以它的温柔和凉爽顽皮地拨弄着我额前的那缕刘海，就像妈妈的手将我轻轻地搂在怀里一般，月亮还没有睡着，今晚，波光月影，碧水连天，溪边的风景依然，只是心上载着满满的秋。

我的座位非常好，前面的丰子和栗子都是很优秀的男生，同桌桔子也是一个相当不错的女孩子。可是两个月了，他们还是不能接受我，我也知道原本他们三人和苹果是最好的朋友，只是因为苹果那次考试没考好被调走了，而我被调到了苹果原来的位置。虽然我曾一次又一次地幻想着走到他们四个人中去，而如今我真的要面对他们时，却又是让我觉得如此的陌生和不知所措。

语文课上，桔子对我说他们四个人决定明天去钓鱼，桔子还说她希望我也一块儿去，我满心高兴地答应了，随即我问她："是谁想出的这个好主意?"桔子笑道："当然是栗子，他昨天就把我们都约好了。""那么他知道我要去吗?"我有些辞不达意，其实我是想说："他说的是四个人，而这个人不包括我，是吗?""他还不知道，我待会儿就告诉他。""哦，那么不用了，我可能没时间，"我有些伤感地说道，同时又摆出一副满不在乎的样子说："对不起，我实在没时间，明天我得去看望奶奶，请原谅!"

月光像一片金色的缥缈的沙漠衬托出夜的恬静，大地妈妈也披上了一件薄薄的金色的裙衫，柳树依旧在舞蹈，我还在想着心事。我真的没时间吗？不是的！我只是不想只有桔子一个人能接受我，只有她一个人能把我和他们摆在同样重要的位置，我不要这样。我从不奢求取代谁，只是希望有一天他们能接受我，能让我靠近他们，靠近友谊。

柳树依旧在风中尽情舞蹈着，纤纤柳树就像我儿时扎过的绿发带一般在舒展着，摇曳着，绿发带，哦，记得那时我的辫子很长，一摇头，辫子就和后面的同学亲密地接触，在第二次亲密地接触后，那位同学忍无可忍地说道："葡萄，你再不把你的辫子弄短点，我就告诉老师说你用辫子打我！"妈妈用发带把我的辫子盘起来，好了！突然间有一种豁然开朗的感觉，我知道我的心里不再装着满满的秋了，或许我可以做得更好些，而此刻我要做的不是祈求别人接受我；而是收拾好心情，搭上春的列车去追赶那友谊的航班。

月亮姑娘大概睡了吧，她的梦一定很甜。星星也不在嬉闹了，我也该回家了。

编辑心语：

友谊是心灵的慰藉和支撑，需要用心呵护才能成长为参天大树。

无法躲避

孙萌萌

身旁有一个电话亭，她记得有人说过，连续拨十个零就可以通向冥间，她投了一枚硬币，拿起话筒，连续拨了十个零。听筒中传来清脆甜美的声音："对不起，您拨的是空号……"她的眼泪再也忍不住涌出来。如同一只弱小的动物，她蜷缩在电话旁抽泣。

她实在受不了，那个女人尽管没有骂她，也没有让她干很重的活，但是那尖酸刻薄的话语和直翻的白眼实在让她受不了，她已经忍了很久了。可这一天，窗外下着淅沥的雨令人烦闷，而女人的讽刺又在背后，她愤然拎把伞走出了家门，重重地摔上了门，只听得背后尖尖的声音："死讨债鬼，当初怎么不陪你妈一起死掉，跑到我这混饭来了！"

她没有掉头，撑开了伞，走在湿漉漉的地上步子很慢，因为她还不知道自己的去处。掏遍了口袋，也只有十多元钱，她无处可去，只好先进一家超市来打发时间。

她买了几袋可以充饥的零食作为晚饭，接着又撑起伞，在这氤氲着雨色的城市中徘徊。一辆赛车飞一般过来了，她来不及躲避，泥水溅了她一身，鞋子也是脏兮兮的了，看来她连停在马路边都不行了。

她想去找她的爸爸，爸爸很疼爱她，经常为了她和那女人吵架，她不愿再让爸爸操心，况且爸爸还有许多公务要办，绝不能去打扰她。

她想去找她最好的朋友，但是她放弃了。偶尔一次朋友一定会欢迎，可是总不能永远住在那里呀。监护人永远是爸爸和那个女人。

她有点绝望，难道，难道永远无法躲避这一事实吗？难道无论怎样她永远要和那个女人生活在一起吗？

此时此刻，她的目光有点茫然，她望着四周，没有任何依靠，只有那远处的一盏不欢迎她的熟悉的灯。

身旁有一个电话亭，她记得有人说过，连续拨十个零就可以通向冥间，她投了一枚硬币，拿起话筒，连续拨了十个零。听筒中传来清脆甜美的声音："对不起，您拨的是空号……"她的眼泪再也忍不住涌出来。如同一只弱小的动物，她蜷缩在电话旁抽泣。

"妈妈，我好想你呀！"笼罩着雨色的城市回荡着凄厉的哭喊。

她在这个城市里游荡着，最后焦急的爸爸找到了她。她苦笑着，她深知，这一切是无法躲避的。

编辑心语：

文章情景的设置以及细节的捕捉都十分准确，表达了作者心灵破碎之后的感觉，能够引起读者的共鸣。

不愿吆喝的姑娘

王　芳

唯有一辆不同，那辆擦得光亮的客车，车后总贴上一张纸，写着斗大的字，我就知道那里一定坐着房儿，目睹如此多的生意人，不曾见过有像房儿那样的。

踏上家乡那片土地，不时看到有衣着明艳的姑娘过来打听你去哪？叫你坐她车。或者有一个类似的女子在车前大声吆喝：“去××哪？快上车呀，要开了。”唯有一辆不同，那辆擦得光亮的客车，车后总贴上一张纸，写着斗大的字，我就知道那里一定坐着房儿，目睹如此多的生意人，不曾见过有像房儿那样的。

我与她初中同学，她就是那种嘴角嵌着一丝微笑一丝忧郁的女孩。她生就一双明眸、一副透明的性格，和她在一起，总觉她能数清我的心跳。

她爱诗、散文。她的文章里总有大篇幅的细腻的心理描写，微妙的动作，细腻的感受，她观察得那么透彻。

房儿有一头秀美齐腰的长发。一到夏天，房儿便把它编成两条精致的辫子，一前一后贴在胸前，背上。额边的头发自然地形成完美的弧线顺在两边。现在这个年代，很少有人愿意留长发，而她那样子显得更为“华贵”。她穿着纯白的裙子，身后飘着两条带子。有时她嫌麻烦，也随便一结，那样荡在身后，确实有一种异样的风采。校园里，夏季，几乎每个女孩都足蹬高跟鞋，而房儿却极悠闲地穿一双平底很轻的凉鞋，宛如风一般地来去，让人只能羡慕却不能效仿。

房儿与我是最好的朋友，自然她最知心的人就是我了。她的爱好很多，并不停地变换，其中也渗透了她的性格，她永远那样总善于制作花草标本，并把它们拼成很美的图案。她说，葡萄叶做少女的眸子最美。

房儿对我说，她从不为制作标本而作标本。我知道，她太爱那些植物了。房儿说蕊儿，不要刻意为某事而去做某事，只要你用心投入，一切都在意料之中。

中学毕业，房儿考入重点高中。她的父亲贩煤赚了不少钱，于是买了一辆车，让她的哥哥驾驶，让她去售票。房儿虽然反抗，但她却极明白她的父亲……她是流着眼泪去的。

放寒假回家，在那岔路口碰上她，她也只是淡漠地望望路人，直至望见我，显出一丝惊喜，虽笑但不爽朗。她不再着白，穿一件纯黑翻毛高领大衣，她哥哥时不时出来吆喝几声。

上学时，又撞见，她的眸子还是那样澄清透明，一眼望去却穿透我的心，我明白说话已是多余。她抬起戴着黑手套的手，捋捋我额前的头发。

“蕊儿，回来看我。”

我知道，那街头，又多了一个愿吆喝的姑娘。

编辑心语：

房儿是一个柔弱的任由生活改造的女孩，她的命运无疑是悲惨的，是令人同情的。作者语言平实，富有感染力。

不是女孩的故事

董胜美

洁儿笑了笑，耸了耸肩说：“别担心，老同学，一切会好起来的，相信我，我会努力地去改变现状，人生的活法有很多种，我选择了这种生活，或许是生活选择了我，我会去做些事，明天我也会很好……”我的眼睛湿润了。

夏日晌午，太阳炙烤着大地，路上行人很少，牲口也躲进了自己的窝里不敢出来。

一位瘦长的女孩从家里出来，端着一盆残菜叶和米糠混合煮成的猪食走进食槽。她穿着一身蓝色花织棉布裤褂，长长的黑发编织在胸前，两只大眼睛黑了一圈，但看起来仍很有神。猪似乎听到了主人的脚步声，狂跑到食槽前叫嚷，女孩瞧着猪出神，喃喃地说：“吃饱些，明天给你卖了，好拿钱给娘治病。”

女孩姓张名洁儿，祖祖辈辈住在苦竹村，说起苦竹村村名，聪明的你会马上想起一个“苦”字。或许是地球转得太快，或许是村子变得太慢，落后的山村与现今世界似乎显得格格不入。虽说也有几家是小洋楼，但大多数却是土砖砌成的平房。倒是村头那所屋内屋外都刷得雪白的祠堂，显得特别耀眼。

洁儿是个乖巧懂事的女孩，很小便能照顾家务事。她爹是个地道的农村汉子，读过几年书，便总希望两个孩子能多读些书；长年累月起早贪黑地干，只为挣一份她和弟弟的学费，却欠下了一些债。娘不喜说话，啥都听她爹的，为了积累些钱，病了也不舍得诊治，以至现在卧病在床。

看着愁眉不展的父亲，洁儿心里明白：在农村，在这样的条件下，完成高一的学业，也该满足了。虽说比较喜欢，但她仍自动放弃了。洁儿的决定固然给家里减轻了负担，但弟弟仍在读书，这个月的生活费怎么办；娘的生活费就够爹愁的了。想起爹束手无策的样子，洁儿的心里涌起阵阵寒意。洁儿看到村里有一些人因缺钱而去卖血，一次150元，洁儿也曾有过这样的想法，但却怕父母伤心，只得埋在心里。洁儿内心痛苦地挣扎着，想想也别无他法，现在也只得偷偷进行，下了决心后的洁儿脸上洋溢着轻松的笑容。谁说谎言就可悲呢?

我碰到洁儿，在那个时候。我不知道说些什么，握紧了那瘦弱的手，不舍放下，半天才从牙缝里挤出两个字“走好”。

洁儿笑了笑，耸了耸肩说：“别担心，老同学，一切会好起来的，相信我，我会努力地去改变现状，人生的活法有很多种，我选择了这种生活，或许是生活选择了我，我会去做些事，明天我也会很好……”我的眼睛湿润了。

洁儿上路了，忽然她对我转头一笑，用手比了个“OK”，辫子向后甩了一下。我忽然想大声喊叫，告诉你一个平凡的故事：一个女孩名叫洁儿。

哦，不，不是故事——是生活，还是……

编辑心语：

作者叙述的是一个“小人物”的故事，感情自如，读来让人感动。

风筝的季节

卢　璐

我实在不愿相信自己的耳朵，两天休息日没一点休息时间，不让人活了？望子成龙、望女成凤的天下父母心无可厚非，于是我安慰哭丧着脸的弟弟。

春末夏初是放风筝的季节。

记得每年这时候，我和弟弟定会在坎上放风筝。

谈到我弟弟，他有一对大大的招风耳，有一张总也说不完的巧嘴，再加上些滑稽的小动作，绝对使人忍俊不禁。导致常常有老师向我爸反映说他上课爱讲笑话，忍得四周围的同学哈哈大笑。嘻！有趣，想到这儿，我偷偷地笑了。抬头看，看着同学们放的风筝一个比一个高，心里非常难受，想起了星期六回家发生的事。

那天，正好起了风，我飞回家的第一件事就去找去年放过的风筝。刚找到正准备喊弟弟，爸爸开口了："你回来得正好，快帮帮他吧！"得，这回放不成风筝了。

进了弟弟房间，一种中考气氛着实让我吓了一跳。只见书桌上全是参考书和习题纸，题海中挥出一个脑袋，眉头紧锁，一手托腮，一手在纸上涂画着，嘴里嘟嘟囔囔，显得很不高兴。

我随手拿起桌上一叠试卷，心中正奇怪，刚要问妈妈，却听爸爸说："唉！你弟弟快进高中了，要想进重点高中只能这样，他太淘气了，只得逼着他学。"哇！弟弟才读初一呢？怎么就快进高中了？想到这里，我抬头看看愁眉苦脸的弟弟，心里像压了一块铅一样的沉重。

看着弟弟恳求的目光，我决定帮助弟弟，从早上8点到中午12点，看看弟弟心神不宁的样子，我便知道弟弟坐不住了，便对妈妈说："妈，学了这么长时间，该休息了。”“再做会儿，下午还有数学呢?”“那明天呢?”“明天去你老师那儿叫老师帮你弟弟辅导辅导，加把劲儿别光想着玩。”

我实在不愿相信自己的耳朵，两天休息日没一点休息时间，不让人活了？望儿成龙、望女成凤的天下父母心无可厚非，于是我安慰哭丧着脸的弟弟。“再坚持两年，中考过完后，咱们一起去放风筝，痛痛快快的。”听到风筝，弟弟一下子仰起头来，眼睛睁得大大的，但很快又暗淡下去了，低下头来继续做题。

想到这里，忽然有一只风筝栽在我脚边，一种苦涩的感觉浮上心头，想起了社会上天天喊“减轻学习负担，将应试教育改为素质教育”的口号，又想起埋在书堆中的脑袋，心中有一种说不出的滋味。

春末夏初是万物复苏的季节，此刻却……

编辑心语：

爱玩本是儿童的天性，但是弟弟的这种天性却被无情地抹杀了，文中既有摇头叹息的无奈也有发自内心的同情和理解。文章主题鲜明，立意深刻。

距 离

蜻 蜓

他的一举一动都牵引着我的心弦，他就是我的精神偶像，虽然我还从没有和他正式交谈过。

年少时曾深深暗恋着邻家的男孩，但即使是同校同级甚至有时同班上课，我永远只是远远地注视，默默地祝福，无数次在心中勾勒他的完美。他的一举一动都牵引着我的心弦，他就是我的精神偶像，虽然我还从没有和他正式交谈过。

后来，他突然转校了。从此我再没看到过他，只能偶尔从同学们那里拐弯抹角地打听他的些许消息，知道他改变了很多，变得勤奋好学了。忽然有一天，在回家的路上，我看到一个形似他的身影，我的心剧烈地跳动了起来。再暗暗窥视，是他的可能性很大，我顿时激动得无以复加，为这上天恩赐的与他进一步相识的机会。终于到家了，我们一起下了车，果然是他！我装作随意地与他聊了起来。然而，交谈了一会儿，就像烧红的铁被一桶冷水当头一泼般，我的热情骤然下降，只剩下无言的叹息。原来，神秘的面纱一旦撕破，面纱下的他也不过是一个凡人。望着既陌生又熟悉的他，我忽然有了一种想哭的冲动。

原来一切都是距离带来的错觉。这种距离美导致了盲目的崇拜与相思。疏远的距离令他在一片朦胧中完美如神，同时，也令我深深地陷入这一片幻想，几乎无法自拔……

如今，翻开以前的日记，相思之情汹涌在字里行间，我却仿佛在看一段别人的故事，品味别人的心情。今日的自己竟只能作冷静的壁上观。多年来刻骨铭心的感情，今天却只是付诸一笑，任它如轻烟般在风中飘散?！我不免嘲笑起自己来，然而当时，它却费了几许彷徨，几许挣扎，也曾使我拥有过多少快乐，多少希望！

编辑心语：

因为有了距离而显得神秘，这是青春期的美好感觉。作者思想成熟，文字优美。

8

CHAPTER

第八章

恰似你的温柔

总会想起邓丽君的歌来：某年某月的某一天，就像一张破碎的脸，难以开口道再见，就让一切走远，这不是一件容易的事，我们却都未曾哭泣，让它淡淡地来，让它淡淡地去，到如今年复一年，我不能停止怀念，怀念你，怀念从前……

难忘你的温柔

晓　剑

记忆中，她的一举一动，一颦一笑，都像针一样刺痛着我的心。我真不敢相信，那曾经的欢声笑语，怎么会在一瞬间消逝得无影无踪？

那一年，我们从不同的地方走到了同一所学校的同一个班级。她给我的第一印象是腼腆，以至我们在听大课时多次坐在一起，也没有说过一句没有“学术意义”的话。以我的性格而论，这简直不可想象。印象中，在开始的整整一学年里，她好像都不曾和同学们开过玩笑，更别说聊天神侃了。相识的第一年，她唯一使我记忆犹新的就是，每当别人和她说句闲话开个玩笑的时候，她总是即刻红云扑面，接着便低头匆匆而去。

如果故事就这样一直发展下去，肯定是什么也不会发生的，转折点是第一学年结束后的第一个暑假……

那一年，南京的天气很热。虽是放假在家我却也闲不住，四处活动，提议组织所有在南京的同学去无锡太湖玩一趟。其实不光是我，年轻人有几个不爱玩的呢？所以，我的提议很快得到了一帮“猪朋狗友”的一致拥护。于是，大家分头去各个同学家通知并征询意见。而她好像是生活在一个被人遗忘的角落里一般，竟然没有被大家提及。

一直到买火车票的前一天，也许是鬼使神差，我突然想起了她。出于一种同学的责任感，我觉得不应该忘记她，所以尽管大家都认为她不会去，我还是觉得应该登门拜访一下比较好。因为我一直相信：人世间比不得宇宙苍茫，两颗星的距离的确不止千里万里而要用光年来衡量，但两颗心的距离，也许是一句话。

轻轻地敲开她家的门，哈哈，原来她正在看动画片，这可真是正合我意啊。我最大的爱好也是守着电视看动画片。因此尽管她对我的突然来访有些诧异，但这并没有妨碍我们从动画片开始聊起，一直聊到世界的本源和人生的真谛，她还说特喜欢我在校刊上发表的那些散文。哇，她可能是第一个对我说这句话的女孩儿。

那天，我也第一次和她说了那么多的话。单独相处之后才发现，原来她不但会害羞而且很会笑，笑容很淡，却很甜，能够一直甜到人的心里。仔细观察之后才发现，原来她害羞的样子，实在是太迷人了。特别是那一低头随即满脸绯红的模样，更是集女孩儿所有的温柔于一体，让人心中顿生怜惜，柔情满腹。

直到要走的时候，我才想起她还没有告诉我，愿不愿意和我们同去。“我说不去了吗？”眉目流转之间，她只做浅浅一笑，便似一场春雨淋湿了我半个下午，而她略带习惯性的一低头，更是让我心醉神驰。

在回家的路上，我恍若身在梦中一般，心中迷漫着一种说不清道不明的感觉。最难忘她那一低头的温柔，好似一朵水莲花，不胜凉风的娇羞……

她的出现让很多同学颇感意外，因为在别人的印象里，她更多地在扮演着一个不太合群的形象，但我已经知道了，她只是害羞而已。其实她和大家一样爱笑，爱玩。所以在火车上，主动和她说了很多话，虽然她的话并不多，可是她的笑以及那羞颜未开的模样，我一生也忘不了。

于是在无锡的日日夜夜里，她总是跟在我的身边，和我一起吃饭，一起聊天，一起到湖边漫步，如今我已经记不清，曾经多少次和她走在一起……

由于多日劳顿，一时困意袭来，便倚着车帮浅浅地睡去。也许是车帮太硬，咯得脑袋很不舒服，一个劲儿地改变姿势。正在难受的工夫，她突然轻轻地揽我入怀。本来就睡得很浅，这时候更是完全清醒了，心中既喜又羞，不敢睁眼看她，只好装着还在梦中。在她温情脉脉的怀抱中，呼吸着她甜甜的气息。我不知道这个动作对她来说意味着多大勇气，但我知道，她肯定是拿出了自己全部的勇气。意乱情迷的我好想把情歌来唱，唱出我初尝爱情后的甜蜜情怀……

隔了许久，我才慢慢地睁开双眼。蓦然间她羞涩难当，一低头两颊绯红，眼睛一开一合之间，不知所措。而她的脸上分明带着笑，就是那种甜甜的笑，一直甜到了我的心里。雨丝映着她的脸，更显妩媚迷人。她甜甜的笑靥，如此令我怦然心动，感谢那个夏天，使我有缘撩开她的面纱，惊叹于她脱俗的美丽和朴素的魅力。多年以来，那甜甜的笑容一直令我记忆犹新……

看见我们平安返回，大家才长舒了一口气，纷纷询问路上的情景，“什么事也没出，就是这车太慢了。”她一如平常地说了一句，我刚想自由发挥，一转脸却看见了她低头之间那浅浅的笑，一时间不由得心头一荡，几乎有些痴了。慌忙收敛心神，看看大家并没有人注意到，这才长舒一口气，装出一副浑若无知的模样来……

从无锡归来，我们几乎是形影不离了。我还记得她家楼下有一个大石礅，每一次，我都是在那里望着她的窗棂等她。

她曾经对我说：不指望一举飘进天长地久的爱情神话里，只要我们曾经拥有一段真情。我至今奉为经典！她每一个淡淡的微笑，每一个默契的暗示，都足以让我品味终生，回味无穷。

随着时间的流逝，校园的每一个角落里都留下了我们的足迹，满校园鲜红的花儿也多不过她灿烂的笑靥，而我们的关系也早已不成什么秘密。朋友们总爱拿我俩开玩笑。

有一次，为了打破尴尬，我索性对他们说，她本来就是我的情人嘛。过后，她对我说：“情人不好听，还是说女朋友吧，这可以算是情人的学名吧？”“那为什么要说学名呢？”我佯装不懂。“真笨！说学名显得更庄重一些啊。就好像玫瑰在生物学上叫蔷薇科木本复叶植物一样。”“哦，我知道了。那——等你过生日的时候，要不要我给你买一捧蔷薇科木本复叶植物啊？”“你好坏呀！”虽然已经是恋人了，虽然她在我面前不再沉默无语，可那羞涩的一低头却依然如旧。我不禁扳住她的双肩，想亲吻她的面颊，她的手轻轻地打在我的身上，她的笑声一直漾进了我的心里……

转眼间寒假到了，她要随母亲一起回老家云南过春节。临走的时候，我说，你走以后，想必我也就没啥可做的了，这个寒假好好学习，背他四千单词。她笑着说：“我回来要检查的哦。”可我们谁也没有想到，此一去竟成永别！

还未到春节，消息传来，她意外地死于车祸！据说那个四岔路口很乱，而她低头走路，没有注意到从旁边突然拐过来的车。

当伯父伯母流着泪对我说完这一切（我是以同学身份去探望的，我也只能是这身份吧），我不禁也泪如雨下，更有一种苍凉彻入肺腑。我知道她喜欢低头而我也最欣赏她低头的那一瞬间，却没有想到这美丽会是如此的残酷！

想一想世事真是不公平，她在如花的岁月里便长别人间，而我竟也不能再见她最后一面，只能对着她的骨灰泪湿沾巾。只能在心里默想，如果将来我有机会到云南，无论如何也要在那路口停留，只不知到了那个时候，她的魂魄是否还能感知？在悲愤之中我能做的只有安下心来认认真真地背四千单词，算是对她的在天之灵有个交待，可是又有谁会来与我逐个核对呢？

掩卷而思，魂飞天外。记忆中，她的一举一动，一颦一笑，都像针一样刺痛着我的心。我真不敢相信，那曾经的欢声笑语，怎么会在一瞬间消逝得无影无踪？

编辑心语：

文章语言凄美，真实感人。

一阵风儿过

代正娟

她的再多一些事，我已不记得了。只知道慈祥的、微笑的、会种瓜菜的娣婆婆已离开我们快十年了。她现在在天堂一定生活得挺好吧，不然，我怎么看见她从云缝里看我，对我微笑呢？

她走了，静静的，没有人感到意外、难过。她如一阵风，吹过了就没了。

她的离去让我感到死亡的平静。没有呼天抢地的哭声，没有吹吹打打的喧哗。一切都如无风的湖面，她静谧安详地走了，带着我们熟悉的微笑。

她是村里的一个孤寡老人，我们管她叫“娣婆婆”，也许是“地”婆婆，没有人写给我们看，就那么叫着。在我的印象中，她总是在忙着：捡柴、提水、洗衣服、在菜园里拾掇着，可他又总是慢慢的，有条不紊的。记得很小的时候我问过妈妈：“娣婆婆没有孩子吗？”妈妈好像说她有过一个儿子，后来参军不知咋的没了音讯。

“她不孤独吗？”我默默想着，决定放学后与几个子小伙伴去帮她干活，其实是帮不上什么忙的，只是幼小的心灵不愿她承受太多的孤寂。

那时的夕阳总是红红的，我们老远就看见她躬着背艰难地提水。我们一边跑一边喊着“娣婆婆”。她站起来，用手擦擦脸上的汗，眯着眼睛慈祥地笑着：“慢点，慢点，别摔着。”跑到跟前，我们呼啦取下书包扔在地边，抢过水桶，“嘿哟嘿哟”很开心地抬水来浇园子。她怜爱地叫我们少抬些，蹒跚地走到地边捡起我们的书包，轻轻地拍着上面的泥土，将那张笑脸贴在夕阳中。

等抬了几桶水，她早已摘好、洗净黄瓜什么的招呼我们来吃。那时，我总觉得娣婆婆的瓜菜是种得最好的，每逢新鲜瓜菜长成，她总是把不多的瓜菜分给邻里品尝，当然，我们小孩子吃得最多。我们围坐在她的周围，一边津津有味地吃着，一边兴高采烈地讲着学校里的新鲜事。那时候，暖暖的夕阳斜照着我们，甜甜的瓜菜清香熏陶着我们，我们笑啊，唱啊，逗得她直抹眼泪。当她替我们背上书包催我们回家时，我们才带着嘴里的香甜恋恋不舍地朝家跑去，奔向另一个温暖的港湾。但我们却忽略了娣婆婆提着水桶走向她那小屋的孤独背影。

她没有种庄稼，粮食是村里人给的，她说她不想太多地连累大家，柴火怎么也不肯收，只要还能动，就自己去拾。她是不轻易让我们进她的小屋的，因为里面太黑太湿。她怕我们摔着。每次去她那里，我们都会从家里抱来一捆干干的木柴，骗她说是路边拾的。见她收下了，我们自以为很聪明地骗过了她，殊不知，她背着年幼的我们偷偷地抹过多少眼泪。

她的再多一些事，我已不记得了。只知道慈祥的、微笑的、会种瓜菜的娣婆婆已离开我们快十年了。她现在在天堂一定生活得挺好吧，不然，我怎么看见她从云缝里看我，对我微笑呢？

编辑心语：

年轻的心灵总是像玻璃一样纯真透明，文章表达了作者对美好幸福的一种向往。

外　婆

陈星雨

外婆去世已一年多了。那是一个寒风呼啸的日子，饱尝人世辛酸的外婆带着对亲人的眷恋离开了这个既给她温暖又给她伤痛的世界，离开了陪伴她多年的小屋，离开了她最疼爱然而临终前竟未能见上一面的外孙女。

外婆一天天老了，外公的病也愈来愈重了。屋前的樱桃树和石榴树日渐葱茏，然而屋后的地却荒芜了。

外婆一生有六个儿女，在那民不聊生的岁月，出身农家的外婆含辛茹苦硬是把三个舅舅送到学校去读书。家里穷得叮当响，节骨眼上外公被拉去当了壮丁。但是外婆没有流泪没有退缩没有惊恐。为了救外公，为了撑起那个已支离破碎的家，外婆咬咬牙，卖掉了所有的家产，几经辗转终于和外公团圆。为了家人的生计和三个儿子的学费她拼命地给人家干活，做饭、洗衣、犁地、锄草样样都能干。后来她的家乡解放了，可外婆却并没有解放。几个儿子的学费仍如一副沉重的担子压在她瘦弱的肩膀上。但她家毕竟分得了几亩地，日子一天天好起来。

过了几年大儿子当了小学校长，二儿子任了村干部，小儿子也当了人民教师，六个儿女已成家立业。按理说，外婆和外公半辈子的辛劳这时应该有个回报了。

一天，当校长的大舅从学校回来对外婆说："于珍要分家，整天闹个不停……"外婆脸上的笑容僵住了，没有作声。"妈，不分家于珍会跟我闹离婚的……"外婆仍没有作声。"其实我也觉得分开了也好，一大家子挤在一起不是个办法……"大舅喋喋不休起来："商量着办吧。"外婆应了一声。"商量个啥呀！分了吧，反正这个破家也不值几个钱！"

外婆望了一眼儿子，又望了一眼立在门口气势汹汹的儿媳妇，脸上抽搐了几下。她没有说同意，也没有说不同意，只是默默地走进了厨房。

但是最终家还是分了。

外婆脸上一连几个月没有一丝笑容。望着空荡荡的屋子和厨房里那个倒在地上的破水缸，一颗颗冰凉酸涩的泪珠从外婆布满皱纹的脸上滚落下来。

“唉，自己生的孩子自遭罪，我们还是搬出去住吧！”外婆无奈地对躺在病榻上的外公说。

不几天，外婆请人在离老院一百多米的地方搭了一个小木棚。有人劝外婆住远点，免得和儿媳们闹是非，外婆脸色平静地摇了摇头。她是舍不得离开这个住了大半辈子的老家啊！

外公病好后，外婆和外公就在屋后的山坡上开垦了一小块荒地。种了麦子、芝麻、苞谷，栽培了一些瓜果蔬菜，还喂了一头猪。几个女儿回娘家后悄悄塞给她一些钱。每当这时外婆便老泪纵横：“唉，都怨我那时太死脑筋，为啥供儿不供女呀！真是造孽呀！”

外婆人老眼花，老是穿不上针线。每当这时外婆就喊道：“荷荷！快来帮阿婆穿针线，阿婆给你煮鸡蛋……”听到喊声的我立刻乐颠颠地蹦到外婆家。其实那时我是根本穿不上针线的，有时还会把针掉到地上害得外婆找半天。外婆依旧笑呵呵地把我搂到怀里，“荷荷乖！荷荷真听话！阿婆去给你煮鸡蛋……”于是外婆放下手里的针线活去煮鸡蛋了，我则一边玩着外婆的顶针一边好奇地瞧着外公嘴里吐出的烟圈圈。外公笑着逗我：“小伢子喜欢阿公还是喜欢阿婆呀？”“喜欢外婆！”我不假思索地答道。外婆笑吟吟地端着小瓷碗放到板凳上。我吃着外婆替我剥好的鸡蛋，望望外婆，又望望外公，忽然想起了百岁（二舅的儿子）教我的一支歌儿，于是大声唱道：“阿公阿婆，骑马过河，摔死阿公，留下……”“不许唱！”外公一声厉吼，吓得我哇哇哭了起来，手里吃剩的半个鸡蛋也滚到了脚下。

外婆的小屋前种了两棵树。一棵樱桃，一棵石榴。我六岁那年，樱桃树挂满了红玛瑙似的樱桃，石榴花也开得火红火红的。外婆本想靠这两棵树换些油盐钱，谁知果子刚成熟就被一群毛孩子扫荡光了。外婆扛着锄从地里回来，看到树下一片狼藉，只是泪眼婆娑地望着外公叹气。

一天，风波骤起。二舅的儿子百岁不知被果树上的蜜蜂蜇了，还是让毛毛虫辣了一下，颈脖处肿了好大一块儿。二舅娘拎着百岁的衣领来到外婆屋前，厉声吼道：“看看你孙子伤成啥样子了！好端端的种什么鬼树！要是百岁有个三长两短，我找你没完!”

外婆一天天老了，外公的病也愈来愈重了。屋前的樱桃树和石榴树日渐葱茏，然而屋后的地却荒芜了。前年我以优异的成绩考上了镇初中。上学前外婆把我叫到小屋里，“荷荷，你长大了！到了中学要好好念书哟。阿婆给你几元钱，拿去买本子……”外婆双手颤抖着打开一个包了一层又一层的纸包，从里面数出十元钱硬塞到我手里。顿时，我的眼前一片模糊……

后来，几个舅舅在村长的劝导下同意每人每年给外公外婆四十斤麦子，十五元钱。然而不到一年，几个舅娘又合计着只给麦子不给钱，有时连麦子也不给，舅舅们一个个仿佛得了“气（妻）管炎（严）”一样默不吭声。

外公又病又气，终于在一个漆黑的夜晚凄惨地离开了人世。外婆形影相吊地在儿媳们“老不死”的谩骂声中生活着，不久也在一个风雨交加的黑夜孤独地离去了。

外婆去世后的一个雨夜，那间小屋轰然倒塌了。从此屋前的樱桃树和石榴树也不再开花了。清明节，阴雨绵绵，我采摘了一束野花，敬献在外婆的墓前……

编辑心语：

作者对主人翁的描写真实生动。文章写出了一种酸楚与不幸，读后让人感慨万千。

夏天的故事

扬 朔

期末考试，我的成绩一落千丈。那天放学路上，我们又是一句话不说。临分开的时候，她突然对我说："对不起！"然后调转车把飞快地骑走了。我当时脑子里一片空白，我不知道自己是怎么到的家。

那时我已上初一，也是在炎热的夏季。我在操场上汗水淋漓地奔跑着，迎面传来一球，我头昏脑热开出一记大脚。球远远地飞了出去，正巧前面一排女生，球不偏不倚地砸在其中一个人头上。我连忙跑上前去，嘴里不停地说："不好意思，对不起……"那个被砸的女生只是捂着头盯着我，旁边的女生却不停地说这说那，我在一片声讨声中抱着球狼狈地跑了。

第二天，又是一记大脚，又有一群女生走过，又有头被砸了，我又是连忙跑上去道歉。

"怎么又是你?"被砸的人竟然还是她。

"怎么还是你！"我无奈地摸摸后脑勺。她突然笑了，我也笑了。我们就这样认识了。

我不知道她叫什么，只听别人都叫她Vivian，于是我也叫她Vivian。

事情有了出人意料的开始，就必定有着不同寻常的发展。

开始，我们碰面互相打个招呼便过去了。后来有一次我放学回家碰上了她，因为顺路，便一起走。接下来便是每天放学一起回家，当然，路上我们边谈边走，开始只是聊一些班级的琐事，后来我们无话不说，我想我们可以算好朋友了。

就在事情趋于平淡的时候，学校的篮球联赛开始了。我们班一路高奏凯歌打进了决赛，每场比赛她都来看我打球，打球的间隙我也向她打招呼。在决赛中，我们又胜了，我们欢呼着走下球场。这时，她跑过来，递给我一条毛巾，在接过毛巾的同时，我从她的眼神中感觉到了什么。晚上，躺在床上，翻来滚去，脑海中总闪现出她的身影，我不知道，这是为什么，我也不想用那些所谓的专业的、幼稚的名词来解释。

我们依旧像从前那样见面，放学一起回家，可每次见到她，我都有一种异样的感觉，我们的话语越来越少，有时甚至一路上一句话也不说。这种尴尬的局面使我很不自在，我一下子感到学习、生活变得很累很累，于是我去打游戏机，去玩电脑，去迪厅跳舞……可我还是感觉很烦，很倦，其实我内心深处清清楚楚地知道这是为什么。

期末考试，我的成绩一落千丈。那天放学路上，我们又是一句话不说。临分开的时候，她突然对我说："对不起！"然后调转车把飞快地骑走了。我当时脑子里一片空白，我不知道自己是怎么到的家。

我向父母提出我要转学，理由是想换个好的学习环境，努力学习，父母答应了。我又提出假期要补课，于是整个暑假我都在补课大军的人潮中涌动。

开学后，我转了学。在一个个陌生的面孔中我感到一丝的安宁。随着冬天的来临，仿佛那个夏天已经被大雪覆盖。

有着出人意料的开始和不同寻常的发展的事情，结局往往就是这么简单。

好像又不是。

又一个夏天到来，我收到了她的一封信，寄信的地址不是我原来的那个学校，她也转了学。信中只有一句话，是一个问题："你是更爱踢足球呢，还是更爱打篮球？"我没有回信答复这问题，不过从那以后两年内我再也没碰过篮球。

说来可笑，直到现在，我也只知道她的英文名是Vivian，她的真名是什么呢？或许就叫做那个夏天吧。

编辑心语：

文章情感朴素，语言顺畅，能打动读者的心。

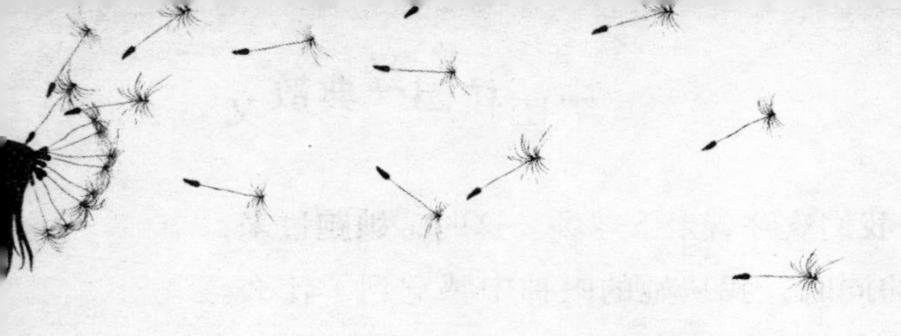

心中秘密

学　义

我好几次试探着给她打开，最后都是自己否定了自己，我缺少勇气，我有些胆怯，这反倒使我发晕的头脑冷静下来，清醒过来，如果在这个时候半路上给她插一杠子，我们的生活可能偏离正常的方向而失去平衡。

菁可不是那种看上去山清水秀的女孩，她并不漂亮，但她撅起嘴的时候，就显出一种妩媚，显出一种小鸟依人的娇柔来。这可能与她那双极富灵性的眼睛有关，她的眼睛明盈清澈，深不可测。

我其实一直都在关注着她，只是一直没有找到一个很好的机会来接近她，有一段时间我的牙齿有了毛病，菁很友好地要领我去看医生，菁的父母都在县医院工作。我好一阵兴奋，牙齿的疼痛也减轻了不少。我骑着车子带菁去医院，回来的时候我们一起步行，第一回很开心地跟她说话。第二次又是菁陪我去换药，可是第三次她支吾着说，你跟医生已熟悉了，还是自己去找吧，免得别的同学——她怕别人说我俩的闲话。

我把她的一笑一颦，一举手一投足，把她的背影剪贴在我的日记里，储存在我的记忆里。有一回菁擦玻璃，我帮她去推窗户，推得没轻没重，结果夹破了她的手指。我十分窘迫地向她道歉，她竟抬起头冲我说："不要紧，没事的。"一副很坚强的样子，可她的脸分明凝成了一片疼痛的红云，眼泪都快滚下来了。她非但没有责怪我，转而安慰起我来，好像流血的是我的手指一样，感动一下子漫过了我的心房，暖暖的，潮潮的。

我真心地喜欢菁，很简单明了的那种。

可我的秘密在心里，菁看不到。我好几次试探着给她打开，最后都是自己否定了自己。我缺少勇气，我有些胆怯，这反倒使我发晕的头脑冷静下来，清醒过来，如果在这个时候半路上给她插一杠子，我们的生活可能偏离正常的方向而失去平衡，我记起了老师时常苦口婆心的训导——青杏是苦的，早恋是涩的，成熟的爱情才是甜的。是的，现在的这份情感还不成熟。

我说服了自己。我要把我的“爱”暂时收拾起来，一年后考上大学，那时，我要跟菁手牵着手，一起走进我们的浪漫，走进我们的爱情童话。这种理想化的构思，给我注入了一股神奇的力量，学习的时候，周身的血管里充盈着不倦的冲动，心中流淌着热望。如果没有了这股力量的支撑，很可能我还得再炼一两年的狱才能考上大学。

得知我和菁双双考中，我抑制不住膨胀的兴奋，跑到县医院去找菁，我要把这个天大的喜讯告诉她，谁知她已回乡下奶奶家去了。

编辑心语：

文章结构自然，在平实的叙述中我们仿佛看到一颗纯真的心灵在文字中跳跃。

女生小雨

寻　枫

她说，昨天下午去打饭，路上见到一个戴着眼镜、拿着个球跑向球场的人，与我描述的有些相像，又看见我跟她的班主任打招呼，她就去问班主任刚才那个人是不是寻枫，得到的答案是肯定的。她还说，以后有女孩子看球时，要小心球！

她是高一的新生，运动会上，我在跳高场地见到她，娇小可人的身躯，一种古典美的面庞。

一见钟情，的确让我不知如何是好。只是每一天，有意识地让自己跟她多见几次面，偷偷地多看几眼。

终于有一天，我发现自己无法再克制自己想接触她的想法，于是我开始盘算我的计划。

我选择了老套的写信，是因为我的潜意识中希望她是那种老套的人，含蓄而羞涩，不善与男生交往。

首先，招式土了，信的内容自然也就落了俗套，我还依稀记得信的内容：

我想认识你，机会与缘分到底哪一个重要？回答我。把给我的答复放进我们班的邮箱里。候！

就是这样一封信，连怎么给她都成问题：一、我不认识她和她身边的任何人。二、我不知道她的名字，我知道的只是她在哪个班，坐在哪个位置。怎么办？信都写好了，难道要让它成为我抽屉里的遗憾？我决定铤而走险。

学校10：00下晚自习，10：15准时关灯，我决定打一个时间差。晚自习一下课，我就直奔离她的教室（一楼）不远处的小卖部。我暗暗给自己打气，一定会成功，事实上也是顺利完成的，不然我就不会继续了。10：14，我像CIA的特警，一边走向她的教室，一边看着与铃声校对得分秒不差的夜光手表，在铃声响起、灯光熄灭的同时，也就是理论上说人眼还没有适应黑暗的那段时间，我进入了她的教室，迅速地移向早已核对好的位置，把信迅速塞入她的书桌，然后迅速撤离现场。一切都如计划中的那样顺利完成。行动耗时9.37秒。

之后就是生活在等候之中。

在焦急的等待中，她的回信姗姗来迟，信中她很友好地向我做了自我介绍，原来她叫师小雨。我当然是马上回信一封，在信中，顾虑为了防止出丑，还用了一个假名：青翼。我告诉她我很爱打篮球，是校队的，每天下午都会在教工球场练球，如果她想知道我是谁就可以来看我。我还没忘了告诉她我近视，眼镜全天候地架在鼻梁上。

以我的性格就一定会去，我想她一定会来看我的。

其实还有一点，现在是她在明我在暗，我是占据着主动权，但这也是我后来万万没有想到的使我一步一步深陷于她的原因。

这天下午，我一边练球一边在球场上伸直了脖子等待她的身影，直到我发现我的脖子扭不动的时候，我才知道第一次我就赔了夫人又折兵。

接下来，她的第二封信里说她也很喜欢篮球，她一定会去认我的！

她的班主任是我高二的生物老师，明天就要结婚，我跟她的班主任关系不错，他的新娘——我的前任化学老师，与我关系更不错。我去新人那帮忙，向她的班主任问起她，才知道她一贯作风良好，成绩是班上第四。我吐吐舌头，原来她的层次那么高。但是我还是决定迎难而上。她的班主任突然问我，你认识她？我吞吐道，普通朋友而已！旁边的新娘悄悄对我说是不是要干坏事？我吐了吐舌头。

闹洞房了，我也在，我们又在一个房间，只是人气太重，我没有感觉了，要照相，嘿，好机会！我挤到她的身后，马尾辫随着她的摆动，轻轻拂过我的脸庞，我贪婪地嗅着她的味道，突然我的脸好热。就这样，我跟她有了一张合影。尽管有许多绿叶相衬。

我跟她的认识也是戏剧性的，我在回信中告诉她我的名字：寻枫。我想她的好奇心一定会让她认识我的，就在这天下午……

去球场的路是一条长而细的小路，我抱着球一路小跑冲去球场，路上见着了新婚宴尔的生物老师，我跟他打了声招呼，就继续向前。跑着跑着我一抬头，小雨居然朝我迎面走来，我们对视了一下，我的心跳和脚步加速，低着头就冲了过去，快到球场时，我回头看了一眼，她跟她的班主任不知在谈些什么。

我吸取教训，这次没伸长脖子，而是用我的最高境界——听风辨位来观察她的芳踪。果然她不一会儿就翩翩而至，她在球场边看着，不知是不是看我，我当然是来了几个引以为豪的动作，还一面观察她的目光，"怎么都不在看我的?""喂，接球啊!"篮球应声而至，我猝不及防，脸上出现了篮球的写实印。这下我敢肯定她一定在看着我，说不定还在对我笑呢。真是偷鸡不成蚀把米!

我暗暗庆幸，好险她还不知道我是谁!

第二天，收发室，她给我的信躺在我们班的信箱里，我拆开一看，坏事!

原来，她已认出我了!她说，昨天下午去打饭，路上见到一个戴着眼镜、拿着个球跑向球场的人，与我描述的有些相像，又看见我跟她的班主任打招呼，她就去问班主任刚才那个人是不是寻枫，得到的答案是肯定的。她还说，以后有女孩子看球时，要小心球!

我即刻回信，我问她喜欢哪位明星，还有其他一些废话，我要采取下一步行动，但我万万没有想到，她打乱了我的计划，埋下了让我全盘皆输的祸根。

她的回信中说，她喜欢林心如，喜欢紫色。虽然我不喜欢林心如，但爱屋及乌嘛!我中午一回家就上网下载了林心如的图片，用心加以修改，并做成年历，加上我最爱吃的薄荷巧克力，下午就拿给了她。一个下午，我坐立不安，我在想她见了会有什么反应呢?憋不住气的我，把这件事告诉了我的同桌，一个年级第一的天才，他听完的第一句话就是，如果我是女生我就会接受你。我居然被这句话冲昏了头脑，我冒失地决定晚上向她表白。

一张纸条约她晚自习课间在球场见，我也免不了梳妆一番，我早早地等在篮球架下面，掏出口琴吹起《莫斯科郊外的晚上》，皎洁的月光洒在地上，伴着悠扬的音乐，她不知不觉已站在我的身旁，我憋足了气，向她道出我已烂熟于心的那句古老的台词：“小雨，我喜欢你，你可以接受我么？”就在此时心中的乐曲随着她的回答而戛然停止，“对不起，我不能接受你，我高中阶段不会谈这些事。”之后无非还是那句老掉牙的“我们可以做朋友”。我心乱如麻，霸道地对她说：“要么你就做我女朋友，要么我们就连朋友都不做！”我多么希望她是吃硬不吃软。答案马上出来，她软硬兼收：“那我们就做陌生人吧。”她潇洒的一个转身。就在那电光火石的一瞬间，我想到一句老话“留得青山在，不怕没柴烧”。“叫我老哥吧！”我追上去对她说，并伸出一只手。她很爽快地叫了我一声“老哥”，还拉起我的手，与我击掌为盟，幸亏她手上没刀，万一她要我跟她歃血为盟，我可真要叫她一辈子老妹了。我就阿Q一点吧，也不是一无所有，呵呵！（好勉强啊）

事到如今我还能怎么办呢？傻傻地等呗！她没有停止给我写信，她的信中洋溢着对我这个老哥的赞美，唉，明眼人都会知道是什么意思！我想到放弃就好了，但是感情这东西真的很微妙，不知是不是不服这口气，她的笑貌不时地在我的脑海浮现，挥之不去。

我叫她星期六下午放学后去看我比赛。因为我放三天假，到了那天下午，我准备了几盒GIGI的带子和一个WALKMAN放在包里并叫班上与我关系很好的女孩帮我看一下她是否来。在左顾右盼中，上半场结束了，她没来，下半场刚开始，我终于发现她已到达现场，我马上与场外指导取得眼神联系，依照说好的，我一个眼神，她即刻心领神会。把GIGI和WALKMAN交给她，当然还有我的一张纸条，我对她说，GIGI的歌我很爱听，放假几天，让你也感觉一下。这是什么意思？不好听地说就是放长线钓大鱼，可惜我是被鱼拖走了鱼饵，我只比姜太公钓鱼好一点！

回到学校，我收到了她给我的信和还给我的WALKMAN，说来也好笑，我居然不希望她还给我，希望她能听下去。给我更多接触她的机会。

她们班的教室在我们班教室的正下方，只不过我在四楼她在一楼。我每次上教室都会特地走过她坐的靠窗的地方，不知是何缘故，只要她在座位上，在我经过的一刹那，她都会抬起头看我一眼，用一种让我无法形容的眼神，一种叫我不能忘怀的眼神。直到现在我还对她的那种表情记忆犹新。就这样，看她看我的那一眼成为每天的习惯，发生率甚至大于起床后的洗漱。

我因为练球，每天下午都是叫同学帮我打饭，我突发奇想叫小雨帮我这个忙不好么？我想女孩子一般是不会答应给她不喜欢的男生打饭的吧？

这回的结果让人振奋，她在短暂的考虑之后答应了我，我用在清扫战场时被发现的败寇迅速缴械一般的速度，向小雨交出了我的饭盆。然后在下午练完球后，享受了我的幸福生活。

班上那位跟我关系极佳的女生叫小夏，她在我和小雨之间穿针引线，经常帮我传东西给小雨。这天她告诉我男女生之间流传着一些消息，说我和小雨在恋爱。小雨的班主任，我的生物老师找到我，说明高中时期早恋的弊端，并向我转告了小雨的意思，只想做我的朋友，我的妹妹。

那天晚上我躺在床上辗转反侧，不知是在梦中还是清醒的时候做出了一个让我后悔莫及的决定。

这个决定就是，我要再次向小雨表白：我无法把她当做我的妹妹！

很快我就收到了回信，我的脑子又变成了糨糊。她在信中说："既然你无法把我当做你的妹妹，而我又只能把你当做哥哥，那我们就连朋友也做不成。"她把我的东西还给我，我万万没想到，一个错误的决定，竟让我离开了她，我还尝试去挽回，结果告诉我，我的一切都徒劳，我想，这也许并不只是我的错，归根结蒂，还是因为我的处事太不成熟。

编辑心语：

文章故事性较强，心理活动表现得淋漓尽致。

让我们一起努力

程素红

他喜欢搞一些恶作剧，譬如在某个停电的晚上，他藏了生活委员刚刚买来的蜡烛，自作主张地主持“黑中乐”晚会；譬如在课堂上故意找老师的茬儿，让老师不得不停下来解释半天。

故事是从初中三年级开始的。那年秋天，雨绵绵地下，既不停也不加大，空气潮湿而阴沉，一如初三的教室。我的成绩说不上好也说不上差，在班上前十名左右，拿到年级里一排，重点高中可望而不可即。我的座位在第二排，临窗。窗外有一棵历尽沧桑的梧桐树，它深褐色的粗糙的枝干四散开去，盛夏时是一把巨大的绿色遮阳伞；可现在在秋雨不紧不慢的召唤下，它一天比一天消瘦。我总喜欢看梧桐叶一片一片凄美地落下，落下，惆怅一点一点上来，上来。

他就是在这时闯进我的视野的。他没有打伞，从老教师宿舍楼拐个弯跑过来，地上汇聚的小水滩被他一踩就呈中心放射式溅开。他白色的旅游鞋一起一落，渐渐形成一条白色的跳动着的线，像踩着海的波光。他在梧桐树下只停了一刹那，甩甩头发上的小水珠，走出了我的视野。同桌女生拍了我一下，“喂，上课了，你痴痴地看什么呢?”我的脸微微发烫，偷偷欣赏一种美，（说白了，就是一个男生）在那个年龄那个环境里，是一件不好意思的事。

从那天起我开始不由自主地注意他了。他喜欢搞一些恶作剧，譬如在某个停电的晚上，他藏了生活委员刚刚买来的蜡烛，自作主张地主持“黑中乐”晚会；譬如在课堂上故意找老师的茬儿，让老师不得不停下来解释半天。也许他天生具有苦中作乐的本领，班上的气氛慢慢活跃起来。

我的生活中似乎有了某种期待，细细想起来，也说不上是什么，只是很少再看窗外的凄美了。有时有意无意地向他望一眼，又像受惊的小鹿似的赶紧把目光移开。我无法解释心里的微波，也没有努力去克制微波的蔓延。

重新编排座位时，阴差阳错地跟他坐一起。天空不再忧伤，阳光明媚的日子，看云看水都笼罩着一种灵光闪动的美；梧桐树叶儿很少了，落下是必然的，我便欣喜地祝福它们有了新的更好的归宿。

他依旧谈笑风生。坐在他身边，我总是欢乐的。有时会细细地把他的某个不经意的微笑或动作在脑中一一分解，分解再组合。

在那个寒冷的冬夜，睡在上床的林燕突然钻进我的被窝里，极其神秘地问："听说你同桌喜欢上了一个女生，你知道吗？"

我的思绪被完全打乱，像被人揭穿了心事似的心慌意乱，说，"我怎么知道呢？"过了一会儿又问她，"是谁呢？"我知道这是发自心底的声音。她说："搞不清楚，反正不是我！"说完赌气似的翻个身睡了。

我这才意识到，他是众目的焦点，他是明亮的，而我是暗淡的，我把他带进梦境，深深地藏在心里，而他，在他的梦里，会出现哪一个女孩呢？胡思乱想的茫茫然没个头绪。

夜里风大，窗户纸多次被吹开，几次起床用报纸遮窗户。也许受了风寒，第二天早上，头晕得厉害。林燕用手一摸，"妈呀！"一声叫起来。几个女生送我去医院，还好，医院就在学校对面。

在医院待了大半天，不知为什么总想回到教室里，护士小姐摇头感叹道："毕业生，苦呀！"

走在校园里的小道上，我想，如果他此刻来探望我，我准感激得流泪！当然这只是想一想，这是不可能的。我苦笑着，走得很慢，这种矛盾的心理，在他进入我视野的那一刻，似乎总存在着。

看见他的时候，我以为是幻觉，又以为他肯定有别的事情。但是他准确无误地朝我走来，并深深地看了我一眼，眸子里有说不尽的关切、疑问和疼惜。我赶紧低下头，幸福感铺天盖地地涌来，几乎让我头晕目眩。听见他说话了："你好些了吗？"我就点头，生怕说话时声音走了样。

晚自习时，他递给我一张纸条，上面写着："我们一起努力好吗？

我们都要考上重点高中!”

我的泪滴在纸上，感动慢慢聚集成力量。我暗地里跟他较着劲儿学，成绩提高很快，在模拟考试中，我和他分别占了年级第二、第三的名次。

中考过后，同学们都尽情地放松。唯独我不得不坠入更深的痛苦中去。在校园的小树林里漫步时，他紧锁双眉说，“我喜欢上了李娜，不知如何开口。”我的心一点点往下沉，所有的欢乐都被击得粉碎，我听见自己微弱的几乎是梦呓的声音：“为什么?”“不为什么，爱一个人是不需要理由的。”“你为什么告诉我?”“我一直，一直把你当做最好的朋友。对不起，我……”

没有理睬他的解释，我就离开了。独自一个人咀嚼着眼泪，让泪水流成河，在河中痛苦地游动。是的，他并没有给我任何暗示，一眸深情，也许只是我一相情愿的误解。

就在我仍无法摆脱牵挂时，重点高中录取通知书飘然而至。

我给他拨了一个电话，他很快乐地告诉我，他也收到了同一所高中的录取通知书。现在我们经常在一起学习，畅谈理想回忆往事，是无所顾忌的好朋友。

编辑心语：

文章语言清新自然，作者感情真实细腻。

同桌没故事

丽 萍

当同桌又悄悄出现在我面前时，我把头埋得低低的做一个向后转的动作，然后快速离去。如此几次，他也就不会再出现了，只是我却不再有那份宁静的心境。

我是个丝毫不引人注意的女孩。我没有漂亮的脸蛋、美丽的衣服，没有女孩子们引以自豪的任何一个条件。我只会默默地坐在角落里看书，默默无闻地在那儿发呆做自己的白日梦。当别人高谈阔论的话题远到美国总统的竞选费用、近到中国的改革开放，上至天文下至地理时，我的心早已不知飞往哪个天国神游了，在脑中胡思乱想多了，我就会信笔涂鸦，把一片片没抱任何希望的纸片给报社寄去，没想到这样一来，我收到的回头邮件竟多起来，我一次次把头埋在桌子下面偷偷地读着自己的已变成铅字的小文章，偷偷品尝自己心底的一丝丝甜意，我还是那么不引人注意。

那是个流行唱《同桌的你》的季节，校园里到处都飘荡着浓浓情意。我闲着的时候，偶尔也会在嗓子里哼几句流行歌曲，但独独不会唱《同桌的你》。因为在别人同桌之间情人节送玫瑰的时候，我还不曾注意同桌到底是个什么样子，只是知道他挺细心。我们之间说话不多，只是每次我有困难需要帮助时，他总是悄悄地出现，然后又悄悄地离开，我也只是淡淡的一句“谢谢”。同学们都喊我“冰心”，这还是好听的名字，不恭敬的干脆就叫我“冷血动物”，因为哪一个有一腔热血的年青人，都不会眼睛不眨地呆坐上一两个小时。就在某一天我静坐神游之际，有句轻轻的话由背后飘进了我的耳朵，“‘冰心’的同桌瞄上了她啦！看那份殷勤！”我猛然心惊，脸上觉得红了起来。从此，我更是缄口不语。当同桌又悄悄出现在我面前时，我把头埋得低低的做一个向后转的动作，然后快速离去。如此几次，他也就不会再出现了，只是我却不再有那份宁静的心境。我老是感觉到身上有一对聚焦的目光，如芒刺背，像是X光透射一样直穿我的心底。我的心空空的，不敢抬头寻找那光源，但我知道不会有别人。为了让那颗漂浮的心沉下去，我把位子搬到最后面去了，于是三年来我们没有再讲过一句话。同学们说，“我们班除了‘冰心’之外又多了一个‘寡言人’”。

三年就在我们的沉默不语中飞快地流逝了。“最后的晚餐”上，啤酒横飞，热闹中透着些许伤感的离愁。我低了三年的头，在这天晚上悄悄地抬起来，穿过一张表情各异的脸，我找到了他，他正静静地望着我，突然间，我把三年来的勇气积攒起来，端着酒杯走了过去，他迎了过来，我举着酒杯，什么话也说不出来，因为我不知道该说什么，我与他之间没有内容。他笑了，我三年来第一次看清他的脸，是刚毅，是包容，更多的是深沉。我本是来道别的，不知为什么却感觉欠他点什么，应该说点什么，是他打破了沉默，却又让我无可适从地震动，“我喜欢的还是你!”我只觉心中一片茫然。他杯中的啤酒已干，我还是愣愣地站着。不知那天晚上是怎么过的，只是感觉到我的腿随着人群迈动。

第二天，我们清早就忙着收拾行李各奔东西，只是我心中却始终有一句没有说出口的话。他们的车子马上就要在我的视线中消失，我突然心慌起来，趴到车窗口对着他去的方向大声喊着：“谢谢!”任由别人惊奇的目光看着我泪流满面。

编辑心语：

作者的感情很细腻，文章在凄婉中透出一种美丽。

9

CHAPTER

第九章

我们都在花季

花季的年龄是美好的，拥有幻想，拥有好奇，拥有爱的朦胧，拥有成年人缺少的纯洁。我们都曾拥有过花季，都曾在花季中遇到过共同的问题，也都曾感悟过花季的无奈，都希望大人们能给花季的我们一些理解。

看海的日子

佚　名

远航的小船没有回归，而我和M却慢慢长大，我们再也没去过海边。夕阳西下时新绿的草地上不再出现两处余晖拉长的影子，因为那里已不属于我们了，我们知道。

日子静静地经指间淌过，猛惊觉我和M分别快两年了，回首时，往事不堪追忆，伤感触怀油然而生。当年清新活力的M，如今身在何方，日子过得好吗？朋友，我只想轻轻地问一句。

其实，从认识M到现在，加起来有很多年了。孩提时的记忆，我一直保留着，没有忘，也不会忘。与M的认识是在一个纯真的年代，幼稚而浪漫，至少我和M都是这样认为。校园里只要有M出现，就会有我追随的影子，像一阵风，缠绕在M周围。那时，我和M都走路上学，本来很长的路，在我们看来却变得短起来，每次都绕道而行，为的是可以多说会儿话，唱起歌来，循着那条再也熟悉不过而又漫长的通往学校的路上，心亦感快乐。口袋没钱的日子，我和M照样牵着手，唱起歌，一如既往地踏上属于我们的路，努力克制自己不去理会摆在校门口边引人垂涎的零食，那时只因为我们都还是孩子。

上了中学，我和M选择了靠窗的位置，烦闷、枯燥无味的数学课，我们可以走神越过窗格子，到操场上溜达，看看有没有蚂蚁新垒的洞穴。有时会穿过操场，来到潮湿的植物园寻找那也许正在工作的蚯蚓，或者忙碌不停的小蜜蜂，偶尔也会发现指头般大小的青蜈蚣……

课堂的生活我和M是不太喜欢的，我们向往的是自由，充满好奇的精彩和课余的追求。

不知何时，我和M同时爱上了大海。我喜欢和着海边咸咸的清新的空气，M喜欢海风轻抚的细腻；我追赶奔腾不羁的浪花，M欣赏沉睡如婴的海面；我爱跳，M爱笑。海上漂起了我和M一起折叠的小帆船，载上了我们的惆怅、失意、喜悦、欢笑，还有我们的梦想，艘艘离我们远去，渐渐消失在海的那一边。

远航的小船没有回归，而我和M却慢慢长大，我们再也没去过海边。夕阳西下时新绿的草地上不再出现两处余晖拉长的影子，因为那里已不属于我们了，我们知道。我们走远了，是我的疏忽，是M的贪心，还是岁月的流逝，彼此心里没有答案。看海的日子似乎是很久远的事情了，现在它如同秋天的落叶，无声无息地结束了。

转眼间，我上了高中，偶尔也去过几回海边。天还是那么蓝，海也那么蓝，然而我却踩不回与M一同看海的日子，我们的小船不见了，人也走了。

一段曾属于我，也属于M的日子在我们爱上看海的同时，就意味着要逝去……

编辑心语：

看海的日子是纯真的，长大后才觉得纯真不再，曾经不再。文章表达了作者的一种幸福与无奈。

成长的光亮

李晓雪

那一盏灯曾经亮过，然后又灭了。于是，在我的日记本中出现了关于那一盏灯的故事。辛酸却包含了温馨，也许这样的过程就该叫“成长”吧！

我6岁的时候，就拥有了自己的小屋，虽然它很小，只有10平方米左右，但它完完全全是属于我的。

记得我自己度过的第一个晚上，关灯以后，竟有一种莫名的寂寞和恐惧从我心底涌出。我不敢闭上眼睛，因为我怕黑；更不敢睁开眼睛，因为我怕一切能发光和反射光的东西。于是，我第一次学会了失眠。

第二天大清早，我穿着睡衣冲入爸妈的卧室，想尽快跑出那黑暗与恐惧。就是那天早上，我和爸妈签订了一份约定：每个晚上，他们都要坐在我的床头，等我睡熟了再走。

日子懒洋洋地书写着每一天，一份约定就这样地陪我度过了730个夜晚，直到懂得了光可以从一切透明的物体传播的道理后，我就不再让爸妈陪了。打那儿以后，每晚睡觉以前，我总会主动打开爸妈卧室的灯，让那一束柔和的蓝色的光透过我屋子门上那块大玻璃射进来。只有在这一束光的照射下我才会安然入睡。于是，每次与爸妈道过“晚安”之后，我总是捎带一句：“等我睡熟了再关灯。”而那一盏灯，也总是很守时地等我熟睡以后才熄灭。

在那样一种蓝色的氛围中，我一直睡得很香很熟，也很甜。听妈说，时常听见我梦里还带着笑呢。

上了中学以后，课业增多，每天我要睡觉的时候，都已经是深夜了，爸妈也都会陪我到深夜。忽然有一天，妈让我试着一个人在黑暗中入睡。

我试着去做，努力不去想那些可怕的东西，但还是在勉强睡着后被噩梦惊醒。我实在忍受不了这种痛苦的折磨，向爸妈提出了抗议。妈语重心长地对我说："孩子，那盏灯总有一天会熄灭的，我们不能陪你到永远，你要试着自己长大，懂吗?"我虽对这样一个答复极不满意，但还是不情愿地点了头。因为我知道，爸爸妈妈希望我勇敢起来。

从那以后，那束蓝色的光再也没有陪我入睡。每当我在黑暗中感到寂寞与恐惧的时候，总会想起妈说过的话："孩子，那一盏灯总有一天会熄灭的，我们不能陪你到永远，你要试着学会自己长大。"

那一盏灯曾经亮过，然后又灭了。于是，在我的日记本中出现了关于那一盏灯的故事。辛酸却包含了温馨，也许这样的过程就该叫"成长"吧!

编辑心语：

文章以灯的熄与灭作为突破口，恰到好处地抒发了作者的感情。

明天更美好

阿 勇

我看了她一眼，她还是那么美丽、纯真，对她纯洁的心灵我是羡慕的；我也和她一样呀！我现在怎么这样了呢？我多么想让自己像过去一样对待她呀！可是决了堤的水，是收不回来的……

以前，她没有引起我的注意。当我的同学讲起她时，我只想到她的学习成绩好，长得漂亮。平时，她像个幼儿园的小女孩似的，总是睁着她那双好奇的眼睛。要不，就是她低着头抿嘴微笑。

选班干部的时候，我曾想到她，她办事认真，也热情。但我没有投她一票，因为她脾气太好，从来没有听她说过一句粗声粗气的话。很温顺，很像天空中的白云。这种人当班干部，会受气的，我不忍心看她受窝囊气，我是同情她，而不是看不起她。

选三好学生时我也没有选她，尽管她的学习成绩是全班第一名，可她身体不好。体育课上，她总是可怜又可笑。比如跳远，别的女孩慢慢地起跑，越跑越快，到了沙坑前的踏板上起跳，接着腾空、落地这几个过程，而她呢？刚好与别人相反，起跑时很快，拼尽全力地跑，等到了沙坑前，却突然放慢了脚步，只是踮了踮脚跟，没有跳跃过去……同学们见状都笑了起来，她红着脸，不好意思地一边往队里走一边说："我是想跳，可是我不敢跳。"

那时，我同情她，可怜她，更羡慕她。她学习好，人缘也好，如果有人欺负她，我会挺身而出保护她的。保护弱者，本来就是男子汉的天职嘛！

但是"邪念"产生了，好像是在一瞬间，连我自己也没有思想准备，就在心里冒了出来……

那是一次上政治课的时候，老师刚讲解完了课文，然后让我们自习。当时教室里“嗡嗡”地响着同学们背书的声音。同学们在背着那些枯燥无味的“社会发展史”，我和陈玉露是同桌，我们一起讨论西藏的故事，我说：“我想到西藏去了。”

“你？就凭你……”陈玉露不相信，用讽刺的口气说。

“就凭我……怎么啦？”

这时，她回过头来，那双水灵灵的大眼睛盯着我。原来，她一直在听我们的高谈阔论。

“那儿空气稀薄，严重缺氧，你不怕？”她认真地问我。

“我不怕。”为了显示男子汉的气概，我挺了挺胸脯。

她听罢继续说：“那儿非常寂寞，没有人声，没有鸟鸣，寂寞得让人……你会害怕的。”在她看来，我似乎已经成为了孤胆的探险家。那时候我感到很自豪，浑身都舒坦。

她接着说：“你何必一个人去呢？是不是想一个人独占荣誉？如果你要去，让我跟你一块去，看行不行？”她的话说到最后，已经变成了央求的语气了，并且还两眼一动不动地盯着我。

瞬时，她那几句可能是不经意的话钻进了我的心里。“我和你一块去……”她为什么要跟我一块去呢？又为什么偏偏跟我而不是跟别人呢？我心里一阵慌乱，急忙低下头来。可又忍不住瞟了她一眼。这时下课的铃声响了起来。

“我跟你一块去……”这句话，总是从我的心里翻涌上来，总在我的耳边响起来。这时候，我想起了许多过去一直不被我注意的往事。

有一次，英语教师提问我，我一时回答不出来，尴尬地站在那儿，同学们都忍不住地笑我。在这些善意的笑声里，隐隐传来一丝只有我听得见的提醒我的声音。我马上得到了启发，很快正确地回答了问题。我刚坐下时，她回头看了我一眼，也是很得意的样子，还冲我眨了几下眼睛。

下课后，在旁边没有其他人时，我悄悄地对她说了一声：“谢谢！”

“这有什么好谢的？”她高兴地说，“你这么高的个子竖在那儿，我真替你感到难为情。”当时，我除了对她感激之外别的什么也没有想过。

现在回想起，她那时可是话中有话啊！她为什么替我难为情呢？如果不是有情，还谈得上“替我”吗？

我重新打量起她来，像是刚刚认识她似的，她的身材苗条，个子适中，圆圆的脸白里透红，两道细细的弯眉，一双美丽的大眼睛，又长又粗的黑辫子，微微隆起的胸脯——是个大姑娘了。

就这样，每逢自习课，我就成心与陈玉露说话。过去这么做纯粹是为了好玩，现在，我有着不可告人的秘密，是另有目的的。我为了达到自己的目的，有时候竟虚张声势地吹嘘起“女人”来了。

“中国妇女就是伟大，你看体育项目，凡是一沾上女人的边，就能拿到世界冠军，像以前女排可了不得，中国男的就是太差了……阴盛阳衰。”

陈玉露这个傻家伙还被蒙在鼓里，成心和我抬杠：“不见得，按说，做饭是女人的拿手好戏，可顶棒的厨师却大多是男的，还有国家领导人也是男的多嘛！”

她这时回过头来了，听我们说话，批评陈玉露是大男子主义。陈玉露不好意思了，红着脸和她争论，她有时回答不了陈玉露的问题，就求援地向我望来，她的目光一点儿也不闪避，我总盼望着她冲我微笑，可是一见她回过头来看着我，我总是慌张地把目光移开，不敢正视她，她把头回转过去，我却又企盼她再转回来望望我。

吃过晚饭，我开始做作业，可总是心神不定的，像蓝天飘浮的白云。忽然，一个念头油然而生：我为什么不给她写一封信呢？这个想法从心里跳出来，我的手不由地颤抖了一下，但是，她牵动我心里的微笑，那些打动我心扉的话语，又晃在眼前了。我心里知道，中学生是不准谈恋爱的。

全家都睡了，我控制不住自己的心情，从床上爬起来，打开台灯，把自己心里所想的一切写下来。

开头真难！不知要写什么好，我一连撕毁了七八张信。后来总算写顺了，那些美好的言辞纷纷而来，简直停不住笔。信写好了，寄到哪儿去呢？不能寄到她的家里，不然她的父母有可能要拆开来看的……干脆，寄到学校去。

这一夜，我没睡踏实。

天亮以后，我向邮筒走去。当走到邮筒前的时候，我的手不由自主地颤抖起来。我胆怯了，几次举起来又放下，放下又举起来。最后，我咬了咬牙，一闭眼睛，把信扔了进去。

我到了学校，刚一进门就上课了，今天教师临时抽考。糟糕！我发觉自己忘带钢笔了，我焦急地搓着手，小声地责骂自己。这时，她又回过身来，对我微微一笑，然后把她的钢笔递给我。

“那么你呢?”我在又一次感激之余忙问。

“我还有一支。”她说。

收考卷的时候，老师批评了她，问她为什么不用钢笔写，却用的是铅笔。她说：“我忘记把钢笔带来了。”起初，我以为她纯粹是出于一片好心，可现在我明白了，在她那颗善良的心灵后面，还有一个少女的秘密。

下午放学时，通知有信的小黑板上出现了她的名字。她高兴地说：“是谁给我寄来的信呢?”

我心里“咯噔”一下。

我从窗玻璃后面偷偷望着她，只见她高高兴兴地取了信，边走边拆开看。看着看着，她似乎被惊住了，停下脚步，用手抹着脸，不知是高兴还是怨恨?我不知道，我的心悬在半空中。

第二天，她一走进教室，我忙看了她一眼，她也看了我一眼，那目光是喜悦的，高兴的。她递给我一张纸条，我没有看，而是把它放在日记本里，到了家，打开一看，原来是一首情诗，我把这首情诗抄在日记里。就这样，我们开始亲密的往来了，而学习成绩也在悄悄地下滑。

终于，有一天晚上，我的成绩单被妈妈看到了。妈妈从我的日记本中找到了答案。当妈妈把成绩单放在我的面前时，我心乱如麻，此刻我才感觉到，我是错了。妈妈说：“为了你好，我警告你，你必须跟那个卫平断绝往来。”

“我们只是一般的同学关系。”我说，我想作最后的努力分辩。

“那么，‘花香与书香，我难舍取’是什么意思?”妈妈说。在妈妈的一再追问下，我被迫说出了“一切”。

“啪”，很响亮的耳光，妈妈怒不可遏，扬手就打人。我委屈的眼泪顿时充满了眼眶，她惊愕地看着我，愤然转身进了自己的房间。

接下来的几天里，妈妈找了我的老师，并和卫平的母亲通了电话，两位大人达成了共识，她们都认为有必要坚决制止我们的“早恋”。

我的考试成绩果然不出妈妈所料，原本很优秀的我，现在成绩平平，还好，进了初三的平均班。

我这时也感觉到自己的“过错”了，于是暑假里再也没有和卫平来往，而是整天闷在家里看书，像是闭门思过。

暑假的最后一个晚上，我正为明天开学准备上课的学习用品，忽然，响起了轻轻的叩门声。我听到妈妈开了门，说：“你是……”“阿姨好！我叫卫平，是来找何勇的。”她落落大方地回答了我的母亲。

我正在装书，听出是卫平的声音，赶紧跑出去，一把拉起卫平进了我的房间，严严实实地关上了门。我们两个有说有笑，屋里充满了欢乐。最后我和她同唱起一首我最爱唱的流行歌曲《祝福》：“不要问，不要说，一切尽在不言中，这一刻，偎着烛光让我们静静地度过……愿心中永远留着我的笑容，伴你走过每个春夏秋冬……伤离别，离别虽然在眼前，说再见，再见不会太遥远，若有缘，有缘就能期待明天，你和我相逢在灿烂的季节……”

大约一个小时后，我们两人出来了。

“卫平呀！初三开学了，你们正面临升学的重要转折点，最好还是少些来往，以免影响你们各自的前途，这都是金玉良言，我希望你们能学会自我尊重。”妈妈语重心长地说。

我们两人的神情显得很凝重。

“妈，卫平转学了，以后我们两个很少有机会见面了。”我伤心地说。

“哦？那好哇！”妈妈惊喜起来。

卫平说：“我妈妈接到您的电话后与我谈过了，是她让我转学的。”

“你们看看，大人都是为了你们好呀！你们年纪还小，要把主要精力放到学习中去，你们以后的路还长着呢！”妈妈说。

我俩点了点头，相互对视了一下。

“妈，我去送送她。”

“快去快回。”妈妈叮嘱道。

我看了她一眼，她还是那么美丽、纯真，对她纯洁的心灵我是羡慕的；我也和她一样呀！我现在怎么这样了呢？我多么想让自己像过去一样对待她呀！可是决了堤的水，是收不回来的……

第二天早晨，是新学期第一天上课。我要出门时，回头望望妈妈。我回到妈妈的旁边，轻轻地说：“妈，我一定要好好学习，为您争气，也……为她。”

我的眼泪盈满了眼眶，转身出门向学校走去。

编辑心语：

成长的道路上有欢乐也有痛苦。文章语言纯洁，感情真挚。

青春需要激情

陈 涛

在青春岁月里，在荒芜和无聊的日子里，我们需要激情和活力，需要心灵的慰藉、精神的支持，只有如此，追求的脚步才不会停滞不前……

那一年我18岁，读高三。这正是一个被看作走向成熟的年龄，一个踌躇满志、豪情满怀，准备挎起行囊“走四方”的年龄。

梦中的远方，有太多的鲜花和阳光，常怀想，在那里找一片属于自己的天空；梦中的远方，可以在阳光下看风筝高高飞翔，可以在海边捡拾颗颗紫色的贝壳，尽情放飞心中的小船，实现自己航向远方的梦想……

然而，一纸落榜通知书击碎了我所有的梦想，让我的凌云壮志、万丈豪情顿时如秋季落叶，随风而逝。我才体会到寻梦的路是那么艰辛、无望。

上天为什么对一个跋涉者如此残酷？为什么不能给我们以自我的空间，而苦苦相逼于“象牙塔”做着无望的奢求？邻居、朋友为什么只肯施舍给我们埋怨、讥讽和嘲笑，而没有片言只语的关心与鼓励？

谁能倾听我的心灵？谁给我心灵以阳光？

在这段阴霾沉沉的日子里，在这段只见乌云不见阳光的日子里，我只能吟着一曲悠远的咏叹，和着生硬的吉他声，在心灵的孤独中结着网，作着茧。

只有窗外的树木，树上的小鸟倾听着我的歌声，但它们不懂，不懂我的心曲，我的灵魂。

我想逃避，我想冲出包裹我的层层网：父母的唠叨，师长的苦口婆心，邻人的指指点点……这是一片桃林，秋天郁郁葱葱的桃叶下点缀着成熟的果实，在阳光的照射下闪闪发光。这里曾是儿时的乐园，往日的欢歌笑语在耳畔响起。小伙伴们常在此追逐嬉戏，在树林里追来追去……

而今置身于这片桃林，却只感到格外的孤独与凄苦。“年年岁岁花相似，岁岁年年人不同。”我清楚地知道，我已不再是从前那个无忧无虑的男孩了，儿时的伙伴们也早已各奔东西，寻找各自的梦想去了。“而我呢，18年了，我认为我可以展翅翱翔，我认为我可以去广阔世界去打造一番了，可是，这一纸通知书……”我想起朱熹的一首诗：“少年易老学难成，一寸光阴不可轻。未觉池塘青草梦，阶前梧叶已秋声。”我恼怒地将一粒石子踢开了去。“哎哟……”传来一个女孩的轻微嗔叫。我抬头，一个披着白裙、手中提着一个花篮的女孩在几步之遥的对面站着。

我有些不自然地朝女孩笑笑，算是道了歉。女孩本想说什么，看看我的脸，又止住了。

或许是因为她的微笑，清新的面孔，或许是一时的冲动，我径直走过去，对女孩说：“你可以和我聊一会儿吗？

女孩点点头，略有些苍白的脸带着微笑。

犹如“他乡遇故知”，一时间，我将所有的不快、烦闷、愁绪挥洒尽净，就像地下奔涌的岩浆，一遇到出口就完全喷发出来。

说完这一切后，我长长舒了一口气，像卸完货物的船，心一下子提了上来。

女孩说：活在自己心中，天是蓝的，太阳是温暖的，你可以不在乎世俗的困扰。

她说：压力虽不好受，但可以使你站得更挺立，步履更稳健，只要你心中未丧失希望。

她说：人在压力和绝望中做着积极尝试，才能体味人生的美丽。

我仿佛听见了茧壳破裂的声音，一线灿烂的阳光照进了我阴冷的心中，我才觉得天空好蓝，好蓝……

我很激动，兴奋，我与女孩约定，明年的今天依然在这里相逢。女孩欲言又止，但终于未说出什么，点点头，苍白的脸微笑着。

我回到家，对父母只说了一句：“我想再来一次。”

一年的复读并未让我失望，我考上了一所重点大学。我的成功赢来了赞叹与喝彩，但我心中，只记得那个日子，那个约定，只想对她倾吐一年的艰辛，只因为知音，只因为那个给我心灵以阳光和微笑的女孩，我才走出人生的封闭的墙。

约定的日子，我早早去了那片桃林，我有满腹的喜悦激动和梦想要向她倾诉、向她吐露。

然而，直到太阳偏西，女孩仍未出现，我有一种不祥的直觉。终于，一个男青年匆匆赶来，径直走向我，有些低沉地说："对不起，我来晚了。我妹妹她……去了。我来替她赴约，她曾特别嘱托过我的……"我一下子怔住了："什么，她，她……去了？为什么?"

男青年低下头，喃喃地说："我们也觉得突然，从去年知道她处于生命的最后阶段时，她一直很乐观，她不允许自己忧伤，她希望带给别人欢乐与希望，她要用鲜花和微笑面对人生，即使是在人生的最后阶段……

我忆起她那句"在绝望中做着积极尝试，才能体味人生的美丽……"。

我久久怅惘着，感动着……

是的，在青春岁月里，在荒芜和无聊的日子里，我们需要激情和活力，需要心灵的慰藉、精神的支持，只有如此，追求的脚步才不会停滞不前；在茫然和无措的泥淖中，只有树起我们的目标和信念，旺盛的精力才不会四处流散；在丰盈和厚实的园子里，只有挥洒我们的汗水和心血，成功之花才不会未开先败……

编辑心语：

在"我"情绪最低迷的时刻，因为有了女孩的支撑，而在心里总算洒进了一抹阳光，她在天堂里一定还有着灿烂的微笑。

离长大有多远

朱明华

现在我知道，他们看着孩子的背影越来越像个大人了，心里也越来越渴望孩子能回过头来向他们挥挥手，就这么简单。但他们没有说。

当20根红烛燃起的时候，我分明感觉到了什么。蓦地，感到时间的逃去如飞，感到人生如沧海一粟，甚至还有点自以为是的沧桑感。

20岁，我可以扎马尾，穿短裙，踏厚底高跟鞋。再过20年，我为家庭、子女忙碌得习以为常，也许会发胖，也许一点都不修边幅，乱乱的头发，大大的衣裤。再过20年，皱纹爬了满脸，有孩子会叫我奶奶，我也会乐颠颠地像所有的奶奶一样那么溺爱着他或她。再过上20年，我终于被划入高龄老人的行列，牙没了，嘴瘪了，坐在屋外晒太阳。再过20年呢，如果有幸的话，如果我还可以的话，我愿意想想过去。

每个人都是这样走过来的，昨天有人问我："今年多大？""19。""啊，是大孩子了。"今早又有人问我："姑娘多大了？""20。""噢，是大人了。"我惊异于一夜间我竟由孩子蜕变为大人了。

老妈送我一本影集作为生日礼物。我翻箱倒柜地把从摇篮里的，戴红领巾的，直至现在刚拍的照片一一放入影集。时间、空间就这样被浓缩了，曾经摇摇摆摆赖着要妈妈抱的那个小女孩，曾经甩着两条辫子把头摇得像拨浪鼓，一定要吃草莓味冰淇淋的那个小女孩，现在已经能叽里呱啦，伶牙俐齿地说个不停，好像只有我是对的，你们的思想和看法已经太陈旧、太封闭、太古板了。

孩子就这样长大了，就像翻这些老照片一样的快，连老爸、老妈有时也不得不仰视你。他们跟自己说，孩子真的就这样来不及多作回味地长大了，不需要任何理由地长大了。

可我总在反复地问自己：真的长大了吗？我不敢相信，问问夜晚的幽灵，它们说，你怎么会不敢相信，你的好奇心那么强，其实你呀，是不敢接受。是吗？也许是的。长大，就意味着没有人再护着你，就意味着许多事情要自己独当一面，就意味着你要对一些事、一些人负责任。责任，你懂吗？昨天还可以高谈阔论，自信得不着边际，今天，才发现自己什么也不是。你有什么资本、什么能耐可以炫耀，你能负起自己扮演各种角色时所承担的责任吗？——长大了，反而心虚了。

我想起每次离开家门，总是一声“再见”之后，便头也不回，满以为好儿郎志在四方，何必儿女情长，满以为自己每跨一步都酷得够味儿，而老爸、老妈站在身后的目光却被我无情地遗忘了。现在我知道，他们看着孩子的背影越来越像个大人了，心里也越来越渴望孩子能回过头来向他们挥挥手，就这么简单。但他们没有说。

他们还是说，孩子长大了。我还是想问，这样就叫长大了？

我保持沉默，我需要思考。

20岁是发疯狂想，我还会激情漫天，吟唱骚动的诗歌。

20岁是期待成长，我还会学着成熟，只为脆弱的生命。

唱完生日歌，该许个愿了。为了20岁以前和以后的一切的一切，让我真正长大。

编辑心语：

长大了，难免会让人思绪万千，作者思想成熟，文章语言清新自然。

长大的足迹

陈　莹

岁月悠悠掠过，或许有一刻，我回首一望自己写下的洒满艰辛、骄傲的成长轨迹，却发现自己已走向成熟。

有人说，现在的生活真精彩；有人说，如今的生活很无奈；有人问，生活是什么？

我想，生活是现实和未来的交替——未来如同一颗流星，她光彩耀人，撩人心扉，可又缥缈虚无令人迷茫：现实则像一轮明月，她高雅纯洁，情致殷殷，可又阴晴圆缺使人惆怅。常听人感叹现实和理想的差距，可这不正是生活吗？即使失去了快乐的方向也不要慌张，去梦一场吧，有时候，梦就是生活的力量！

儿时的梦是美丽的童话，斑斓的小螺号，温暖的草房子，浪花里的红帆船，清脆的蓝风铃，总希望有一段幻想能够成真。稚嫩的童年的梦啊，是夜空里一颗流星，倏然地在我生命的苍穹上划过，只留下一道美丽的轨迹。

长大一些了，我知道人应该有理想。因为理想是失败的最后庇护所，也是挫折后的最初包扎带，理想是飞翔的代名词，有了它，就意味着拥有了滴血的翅膀、再生的骄傲和蔚蓝的行旅。可面对《我的理想》这个作文题，我依然无从下笔，我的理想到底是什么呢？没有办法，我只好写道——我的理想就是快乐地生活，然后跟挤牙膏似的写了一篇绝对没有“回头率”的作文。现在我知道了，这算什么理想啊？快乐地生活其实并非很难，只需学会接受那不可接受的，放弃那不可缺少的，容忍那不可容忍的。而快乐只是一个方向，它永远不会固定在一个点上，只要去追求，自会景象常新，别有天地，甚至一路上美不胜收。那么，除了一颗平和怡然的心，生活中还有什么是不可接受的，不可缺少的，不可容忍的呢？

我不是哲人，对于生活的体验谈不上深刻，也讲不出高深的道理。所有的只是一个普通学生的生活体验。我不再是一个单纯的理想主义者，虽然依然保留着对未来的憧憬，心中也有希冀；也不再是“为赋新词强说愁”的那种浪漫多情的女孩，认识到一点儿生活的艰辛，能理智地控制自己的情感。我逐步悟到，人生只是一个无止境的过程，看淡该看淡的，放弃该放弃的，追求该追求的，珍惜生命，珍惜青春，不叫一日虚度。想到这些，心中不觉释然。

站在16岁的生命线上，我终于明白自己那篇关于理想的作文是多么可笑。高二了，我只希望能够平静地生活，学习，感到累时我不叹息，感到苦时我不哭泣，因为我已经种下理想的种子，我希望我的汗水能使它快快成长，不管两年后我将面对什么，我都将坦然。因为我知道我已尽力，即使满街的霓虹不为我闪亮，我也拥有夜空里灿烂的星光。

岁月悠悠掠过，或许有一刻，我回首一望自己写下的洒满艰辛、骄傲的成长轨迹，却发现自己已走向成熟。

编辑心语：

文章语言成熟优美，表达了作者在成长道路上的一些思考。

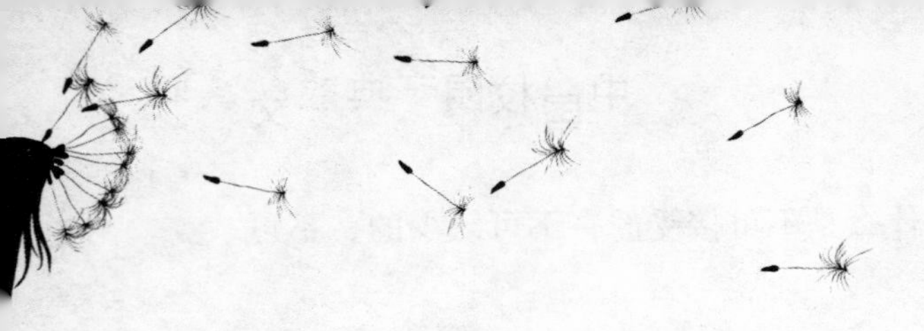

成长的记忆

周志启

生活的艰辛，成长的不易，构成了我写作的欲望。我想用我的笔去描绘大自然的柔美与壮观，去赞美人世间的真挚和友爱。

多少个梦月光般轻盈，多少次太阳把希望染红，当青春的风拉开又一道绚丽的风景，记忆的钟一遍遍敲打那荒芜的疼痛。

我亲爱的朋友啊，让我轻轻地告诉你，成长是一种带泪的凝重。

叶黄叶青，花开花落，16年过去了，风风雨雨16个春秋里，曾有过几多梦想几多追求？然而，最让我心驰神往、苦苦恋着的还是那文学。

自从在心田播下热爱文学的种子，我就开始苦苦地摸索，在希望的田野里，写下耕耘的艰辛，在前进的路上，写下跋涉的不易；也在成长的记忆里，刻下几对歪斜着的脚印。

我深知缪斯绝不会轻易垂青于任何人，但我始终如饥似渴地读书，汲取文学的营养，一丝不苟地摘抄，丰富我的辞藻。孜孜不倦地练笔，提高写作的技巧，我就这样痴痴迷迷地守着我的文学梦，直到有一日，一封“拼搏的时节，才是花开的季节，花开的季节，就是你圆梦的时节”的退稿信自那遥远的高原扇动着冰凉如水的拒绝凄然走来，从一根清纯如水的小树前无视地走过，泪水点点滴滴落在我的手上，更像滴在我的心里，一滴比一滴苦涩，一滴比一滴沉重，我踟蹰了，难道成长就如这眼泪般凝重？

也正是这时，我才懂得：“路，好难走哇！”一直寻着响泉追着鸟鸣，希望步入文学的高原，然而，一圈一圈，摸过来，摸过去，依旧回复原地！辛勤向我谆谆告诫：“天道酬勤，走自己的路，继续走下去，人间正道是沧桑。”

成长的记忆是飘不落的日子，永远永远抹不去，品尝了“爬格子”的艰辛，反给我增添了几分执著，几许痴迷。于是，又有多少灯光如豆的夜晚，我趴在桌前写呀，画呀，将自己的思维沉淀于笔端，尽诉于稿纸。每一只鸥鸟飞过，便有许多稚嫩的思维，爬上我鼓满的风帆，缓缓驶过缪斯的河流……

生活的艰辛，成长的不易，构成了我写作的欲望。我想用我的笔去描绘大自然的柔美与壮观，去赞美人世间的真挚和友爱。

步入青春的花季，重忆冰凉和往事，耳边又回荡起那首小诗：成长/是一种带泪的凝重/成长的记忆/如烟/如梦/让你回味无穷……

编辑心语：

作者善于剖析自己的内心世界，有理想，有追求，这是很珍贵的。

我在花季

阎 明

风，吹散了漫天的粉红色的回忆。是啊，童心一去不返，我毕竟16岁，依然要赤着脚，在荆棘中一步步走去。

偶然，发现日历上的号码在增长，察觉大树的叶子在变黄，烦恼越来越多，快乐越来越少，越来越冗繁的习题，越来越长的日记……

原来，我长大了。

依稀记得儿时心中的玻璃球、变形金刚、模型飞机，以为自己是天才，以为学习不过是掰掰手指的幼稚把戏，以为命中注定要名扬天下，还以为老师要留那么多作业是因为我们太顽皮，于是细心地计算着评比栏上的小红花、小火箭、小彩旗。

时光在命运的轨道里穿梭，我注定搭上一辆成长的列车；每一次吹灭生日蜡烛，都预示着踏上一段新的征途。

16岁，在所有人走过的那一站，我也按部就班地下车。

眼前是幸福还是痛苦，我也说不清楚，只知道是一条开满玫瑰又布满荆棘的路。戏剧性的，没有一个人带了鞋子，于是在海绵上蹦跳了15年的脚，注定要鲜血淋淋地承受这份残酷。

记不得哪一天，突然对生活失去兴趣，却仍慑于老师和家长的种种压力。自问读书是何目的？为呼吸？为名利？还是为志趣？真的被荆棘刺痛了，才发现书山题海之外还有如此高深的难题。唉，只能用孔老夫子的教诲安慰自己："人不学不成长，玉不琢不成器。"

花季，未必美丽，即使星月同行，早出晚归，也很难从哪里得到一点慰藉。想做的不许做，考不好要努力，终日思想麻木，只知道学习、学习、再学习。每天就像在演戏，语文课演诗人，英语课演翻译，化学课变成元素表，数学课变成计算器……局外人以为我们很快活，其实这些童心在哭泣。

外语单词记牢，理化解题有逻辑，作文不许写心里话，得写出学生学中有乐、畅游学海的欢乐气息，苦矣，苦矣。

假日，到公园坐坐，肩上没有沉重的书包，脑中没有几何习题，忆起少年时的快乐时光，再折一架纸飞机，看它在风中人小鬼大，偷摘葡萄要保密；还想起了关心集体，尊敬师长受奖励。

风，吹散了漫天的粉红色的回忆。是啊，童心一去不返，我毕竟16岁，依然要赤着脚，在荆棘中一步步走去。既然要花的芬芳，果子的甜蜜，那么踏着凋零的花朵，踩着斑斑的血迹，走吧，祝自己顺利。

我，真的长大了。因为——

我在花季。

编辑心语：

16岁，走过童年，经历少年，步入青年，作为一个少年，成长着的人且走且歌。作者思路清晰，表达自如。

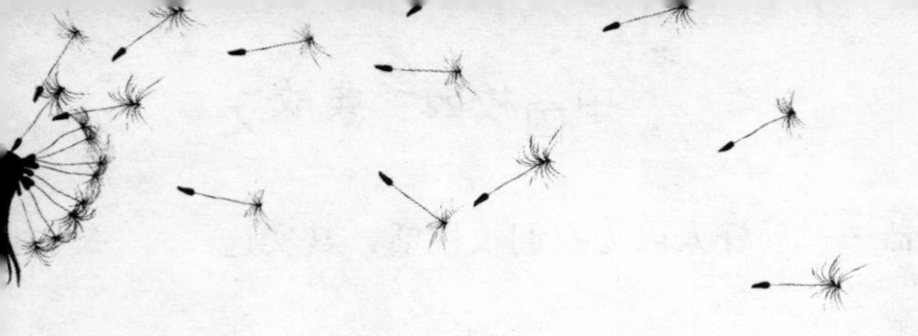

成长的脚印

佚　名

匆匆向朋友告别，我用零花钱买了几个小菜，买了瓶酒，在父母下班之前，把屋子收拾得干干净净，顺便拿张纸写了几个字："爸爸、妈妈，我真的很爱你们。"

朋友的母亲去世了，朋友很伤心，我于是陪着她来到海边散心，打算劝她忘记不开心的事……

海掀起白色的千层巨浪，像一个巨人一样不可阻挡，仿佛要驱赶人世间一切的悲苦。湛蓝的海水，湛蓝的天，这让人感觉到凄然惨淡的蓝色，此刻却有无穷的吸引力，我们踏着海水向前走去。

"海的胸怀是那样宽广，你可以在它面前抚平创伤。"朋友说着，眼圈红了，"总是在失去的时候，才知道拥有的幸福；总是在痛苦的时候，才知道眼泪的苦涩。"

"别多想了，过去的就让它过去吧。看，这景多美！"我安慰她。

"曾经希望自己是这海水，任风轻吹，到处流浪，没有制约，不愿定格，那样就不会因为考试成绩不理想而被父母责打，不会因为与父母意见不统一而闹别扭。可如今，我想让母亲再骂我一顿，却再也不可能了……"朋友已经泣不成声了。

过了好一会儿她才又开口："平时我总胡乱猜疑我到底是不是母亲亲生的，现在才明白，她是恨女不成凤啊！秋萍，你要好好珍惜啊，千万别'身在福中不知福'！"

"我？"我心头一惊。从呱呱落地到现在，自己没让父母少操过心，情绪糟糕时，能锁起父亲的双眉，牵出母亲一连串的训话。尽管如此，父母亲仍是任劳任怨，为我安排好生活。我向来认为这是他们应该做的，可今天朋友一番发自肺腑的话语，却让我感到惭愧。望着身后沙滩上留下的一串串踉跄的足印，我无心再欣赏这海、这景了。

匆匆向朋友告别，我用零花钱买了几个小菜，买了瓶酒，在父母下班之前，把屋子收拾得干干净净，顺便拿张纸写了几个字："爸爸、妈妈，我真的很爱你们。"

妈妈推门进家，依然是那句："萍萍，作业完成了吗？"

"妈，你来！"我把妈妈拉进客厅，"妈，喜欢吗？"

"你弄的？"妈妈一把将我搂在怀里，"长大了，真的长大了！"

突然，我的脸上怎么冰凉冰凉的？哦，是妈妈的泪，我用舌头舔了舔，那泪却是甜的。

编辑心语：

妈妈脸上留下了感动的泪水，那是甜的，她为女儿而感到欣慰。文章语言生动，真实感人。

生日絮语

李向芳

有人说："朋友，是一种默契；友情是一颗爱心。"那么，生日是什么呢？生日该是一篇记载我成长的信笺吧。我想。

记得小时候，最翘首企盼的，就是生日时收到的礼物。对我们来讲，生日礼物是极其神圣的，数目的大小完全可以决定你在孩子堆里的地位，谁的礼物最多，谁就有权成为孩子王。于是，生日礼物便成了我最爱的东西，其他的都在其次。

后来我进了学校，对礼物的喜爱也渐渐变为一种朦胧的感觉，再也没有那份崇拜之情了，不过每次再过生日，都要买块蛋糕，然后召集起小伙伴们，跑到荒山野岭上，又跳又闹。那时，似乎天空也为我们而蓝。我们开心地笑啊，闹啊，吃蛋糕，赏流云，唱绿绿的山岭，说蓝蓝的天空，直闹得大地一片昏黑，这才排着队，唱着当时很流行的《小草》下山而去。

以后慢慢地长大了，过生日的形式又有了改变，朋友间悄悄兴起了送生日卡。温馨的卡片，真诚的祝福，夹在其间的那份真挚的情意我渐渐体会到，人生之中，最值得珍惜、最值得赞美的，是人与人间的那份真情，是一颗没有虚伪、没有污染的爱心。于是在亲朋好友过生日时，我总忘不了送上我的祝福。

有一篇文章说："16岁的时候，喜爱结交朋友，就像一种流行病。"我想我是很容易成为第一批传染对象的，因为我渴望友谊，我珍惜与朋友相处的每一天。一次，一位朋友生日，但她却要远行，我们为她点了一首《祝你一路顺风》。收音机在身旁轻轻地唱，我们轻轻地和。当时没有谁想掉泪，是泪水自己不争气流了出来。我们很伤感。但在这份伤感中，又品出了快乐。伤感的是她将要远去很久很久才能相见，快乐的是自己拥有并且把握住了一份真情，这足以使我们的生活变得精彩。

在数不尽的生日礼品中，我最珍爱的是一位远方的朋友给我发来的贺电，在许多年以后的今天，我仍然像从前那样珍惜它。在我最沮丧、最需要别人安慰的时候，我便会想起那句话："当你一无所有时，请记起我这位永远的朋友！"

有人说："朋友，是一种默契；友情是一颗爱心。"那么，生日是什么呢？生日该是一篇记载我成长的信笺吧。我想。

编辑心语：

作者联想丰富，思想成熟，有一定的语言功底。

第十章
雨　声

雨已经停了，我们也长大了，不再懵懂，不再傻里傻气，不再把一件 T 恤衫翻过来穿……或许，明天的阳光一定会很灿烂。

翱翔

唐凡

是的，我要放飞自己，化作一只鸟儿飞出自己可怜的天地，让心灵去感受春天的温暖，让生命去展示无穷色泽。

日子总是暗淡的，生活总是灰色的。我埋怨生活，我感叹机遇的风为什么不鼓起生命的风帆，我呼唤幸运之神翩然身边，我在清凉的晨风中对着晨曦祈祷，然而所有的幻想与企盼都是一种浅薄，我得到的不是满心的欢愉，而是深深的惆怅和撕心裂肺的痛哭。

我把自己反锁在小屋里，独自品尝那份痛楚与寂寞。我只生活在自己的天地里。“孩子，出去走走吧！春天，是个新的开始，出去走走吧！”妈妈再三地劝说。我拉开严闭很久的窗帘，外面阳光灿烂，我决定出去走走。

阳光温暖地照着大地，却无法温暖我的那颗久被冰封的心灵，树上的新芽一个劲儿地吐着新绿，微风带着丝丝寒气吹拂着万物，无可否认，这该是明丽的世界，然而我封闭太久的心灵一时却无法体会这一切。

“小鸟，等等我好吗？看你飞得那么快乐，我也想飞呢！”传来的童稚的声音惊醒了好似在睡梦中的我。空旷的场地上，一只空空的鸟笼放在一边。一个扎蝴蝶结的小女孩在跟着一只飞得不高的小鸟追逐着，叫喊着。那只小鸟在她的头上盘旋了几圈后，猛地冲向了蓝天。只有蓝天才是它广阔的舞台。“小鸟，常常来看看我好吗？我保证让你不再失去自由，你听到了吗？”小女孩跌坐在地上，久久望着远逝的鸟儿。

看着这一幕，我为小鸟重返蓝天而高兴，我似乎能感到它那份无忧无虑的快乐，然而这快乐不是属于我的。我的心颤抖着，低头时泪水早已充满了双眼。

“你有心事？”不知什么时候，一位老人已经站在我身边。“一个人活在世上挺难的，你认可吗？”他大概是小女孩的爷爷吧，我想，然后点了点头。

“我那孙女买了只鸟儿整天关在笼子里，那鸟儿不理我孙女儿，而且不吃不喝，只是常常望着笼外的天地。”我于是告诉她：“鸟儿被关在笼子里，它根本不会有丝毫的快乐。你说对吗？”

话的确有理。望着这位饱经沧桑的老人，我莫名地产生了感动。“老爷爷，我陷入了困境，我摆脱不了阴影，怎么办？”

“很简单，放飞自己，你只要学会这个，一切都是有希望的。”

“是的，放飞自己，开阔自己的心胸，走出过去的阴影，这样你才有飞翔的天地。在你的人生旅途中，你一定要在一次次轰然跌倒中昂起头，放飞自己。这样才会有一个充实的自己。”他很激动地继续说。

是的，我要放飞自己，化作一只鸟儿飞出自己可怜的天地，让心灵去感受春天的温暖，让生命去展示无穷色泽。

编辑心语：

文章主题突出，思考深刻，读后令人回味。

释 放

滕瑶瑶

漫游在云霄间的两颗碰撞的心，需要的不是束缚，而是由思念和回忆凝聚成的引力，经久不衰！

一、我不知道的

我不知道什么是友谊，是火山口喷射的炙热岩浆，是幽谷里潺潺轻唱的小溪，是曼舞在湖畔的青青柳丝，还是在肆虐的风中呻吟的沙砾？

我不知道什么是爱情，是带着露珠子的蝴蝶兰遮掩着的淡淡薰香，是寒冬中他手套上残留的温存，是相见时喃喃吟念的缠绵细语，还是哭泣时他慌忙递来的袖口？

我，不知道。

我在郊外落寞的小道上踽踽独行，杂生的野草探进我的鞋里，毫不客气地啮咬着所触及的每一处肌肤，周遭的蚊虫也渐渐多了起来，标示着这个季节暗夜的来临。

而我庆幸，我终于避开那浮华而喧嚣的城市，抛却琐屑的人事和世语，不期料，忧伤即刻翩然而至，害怕别人窥见我的懦弱，我只能躲在被遗忘的角落里释放白日苦苦压抑的情感，流泪之后，我再次对自己保证："从今天开始，宁愿流血，决不流泪。"可是，我的木讷又如何敌得过现实的戈戟？

默默拈起枯草上的寒霜，在熹微的晨光里，然后，吞下它们。浑身的毛孔一下子收紧，但没有一丝不快的感觉，只是觉得做了件一直想做的事，痛快！

禁锢的激情随着这一声呼喊，竟一下子释放了出来：岩浆冷却了也好，小溪干涸了也罢，管他柳丝枯却，任那沙砾呻吟，与我何干？常青的森林就在不远处，我，只需前行。

熏香褪去了，温存也已消逝，细语随风溜走，袖口被一把拉回，我不再在乎，因为，在滔天的洪水间，有人推来了依靠。

我不知道很多，但我至少知道了这一点——“上帝关上一门时，必会给你开一扇窗”。

二、任我行

人在不成熟时总会幻想长大，我也是如此。

盼望拨开父母搀扶的手，在生活的道路上兀自狂飙为何跌倒了，却无法甩开膀子，继续向前？毕竟才17岁，年少轻狂的翅膀磕在挫折的坚崖上仍不免折伤，因而，每每此时，又感叹着躲在屋檐下，日子舒适、安逸。于是，鹰击长空的豪迈，在一次又一次善意的庇护下，悄悄地消磨殆尽，最后，只能无奈地瞻仰着狂风中搏击者飒爽的身影。

我，不愿这样。金兰生所说的“得意淡然，失意泰然”，我固然难以做到，然而，我宁愿在暴雨狂风中撕打着、挣扎着、痛并快乐着，用自己的一腔热血去体会人生的悲欢离合，荣辱得失，穷通成败，那会是怎样的一种况味啊！

不必担心我会失去太多，弗兰西斯·培根不是说过吗，“失去，也许是另一种形式的获得。”所以，我愿意拼搏，即使失败吞噬掉了我的快乐，英雄垂泪，士子悲歌，又何尝不是人生的快意诠释？

松开您关爱的手吧，我亲爱的爸爸妈妈，让我在泥泞中独自摸索攀爬，哪怕倒下，我也无怨无悔。

三、放手

记得暑假时看过一部名为《放手》的韩剧，剧情已不能完全忆起，但剧中四位主人公在爱与被爱之间万般辛苦的拉锯战让我一直难以忘记——辛苦、痛苦、悲苦。

其实，每个人都是自私的，即使你说，你为了所爱的人甘心放弃一切，是的，是一切，但是，却不包括你对他的爱。也许，你松开了他翅膀上的绳索，朝他喊着：“去飞翔吧，你有完全的自由！”可是，你知道吗，你手心里攥着的那条叫做爱的铁链，却有意无意地，紧了几紧。

所以，为了你的爱，放手吧！不要将爱挂在每天的日历上，仅仅在他悲伤时悄悄递过一方纸巾，在他喜悦时捎去几声祝福，在他失意时静静伸出双手，在他得意时及时提出几句忠言。然后，不必留恋，无须不舍，淡然地走开吧！当他倦鸟知归时，再用你温润若泉的爱，为他建筑小憩的驿所。那么，这份若即若离的爱，会给彼此烙下爱的印记，却不会附加过多的重担。

放手吧，放手吧，漫游在云霄间的两颗碰撞的心，需要的不是束缚，而是由思念和回忆凝聚成的引力，经久不衰！

编辑心语：

本文结构独特，语言犀利，作者有一定的语言驾驭能力。

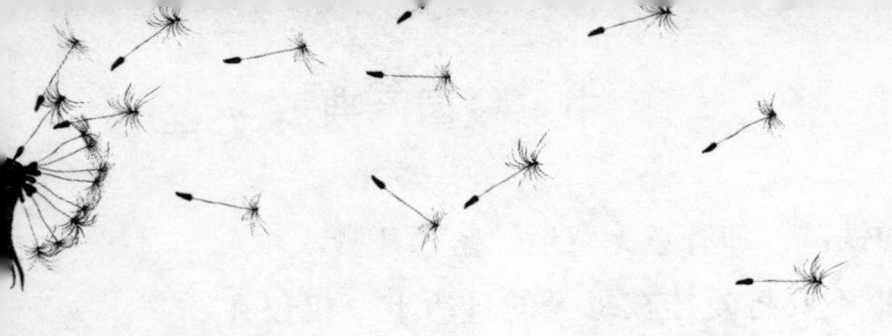

放飞心情

田美霞

让自己的心情与情绪慢慢地飞吧！我忽然发现，自己原来也是活泼的，最真实的自我，毫无保留地显示出来了。

向阳光挥一挥手，对蓝天眨一眨眼睛，对自己说一声：“You are dismissed。”是的，这么晴朗的天气，这么美好的气氛，该是放飞心情的时候了。

放飞心情，我笑，我唱，在校外田野上走来跑去。对着不谙世事的小蝌蚪大叫大喊，用一根嫩嫩的小草弄得它们团团转，对那个女孩笑一笑，野外没有人像我那么疯，只有我一个人，在静静地放飞自己的心情，辗转过千百次，才知回归的心情最轻松最愉快，也许我本来应该属于大自然。回归大自然，只不过近十年的寒窗压抑了自己的那份稚气，使我变得沉重、沉默起来，放飞，放飞那份稚气吧！

提着大包小包的零食，全然不顾同伴拿的是书。上街买零食与上街买书形成了鲜明对比，我才不在乎呢！张爱玲不是说“中国人好吃”吗？我又不是书呆子，我不想勉强自己，不希望自己的视野里除了书还是书，放飞一下心情，又何尝不是一种超越的乐趣呢？从学校到街上，从街上到学校路很远，这么远的路程我要慢慢地走，有人说走路是一种享受，就从这条不知名的小路上开始吧。也不知道能不能到学校，管他呢？反正有的是时间，就让自己的心情与情绪慢慢地飞吧！我忽然发现，自己原来也是活泼的，最真实的自我，毫无保留地显示出来了。

野外的风景好美，好美。只有我一个人静静地放飞自己的心情，领略相同处境里许多人描写的心情，读过千百次一直只为他人高兴，我现在是真正陶醉于自己的高兴中了。

编辑心语：

文章短小精悍，言简意赅。

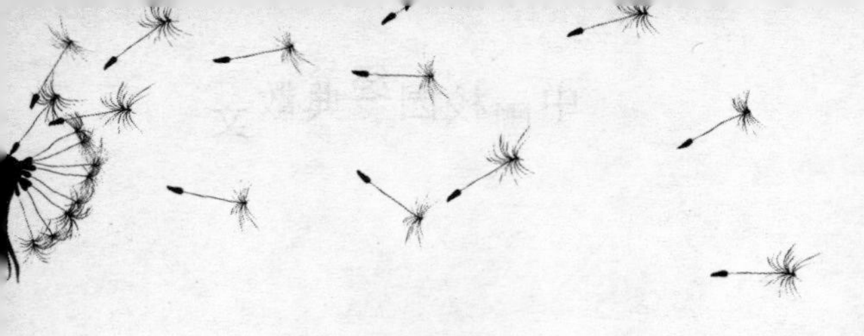

雨声·雨思

徐　曼

雨已经停了，我相信，明天的阳光一定会很灿烂！

（一）

窗外一片漆黑。除了雨花打在窗上叮咚的声音，什么也听不见。

记得以前我是很讨厌下雨的，但现在居然会静静地听雨，在这个万籁俱寂的深夜。就像以前不沾一滴咖啡的我，现在也喜欢捧着冒热气的麦思威尔，细细品味，感受它的香醇和浓郁。也许一切会随着时光的流逝而被冲淡。

（二）

雨在轻轻地下，古人形容得真好，“大珠小珠落玉盘”。做一滴雨也不错，就是被污染了，也会洁身自好，把自己蒸发掉，与污垢脱离。而人呢？人会怎么样呢？只不过原来分明的棱角被磨得圆滑无比而已。

（三）

我趴到窗台上，朝窗外望去，天像一块大黑幕，只有远处的路灯拼命地放出刺眼的光。或许老天和人一样，也有喜怒哀乐，万里晴雨，也许是他伤心时的泪滴吧。雨是有尽头的，而伤心却是无尽的，由此看来，老天的胸怀还真的比人开阔。

发了一会儿呆，又细听，雨声已经听不见了。我想，也许刚才老天已经把所有的不快都发泄完了。希望人也能一样，发泄完了，就能够露出笑脸，就能够忘记烦恼。要是那样该多好，潇湘妃子的还泪之说也能够圆满了。

（四）

雨已经停了，我相信，明天的阳光一定会很灿烂！

编辑心语：

文章写得凄清婉约，颇有诗情画意。

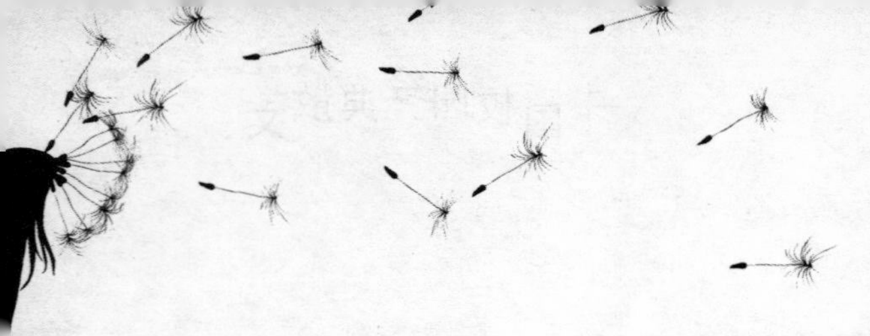

密林归鸟

戴寒冰

树、鸟融洽地和在一起，我望着树林，也想变成一只鸟儿，钻入那片绿，亲自体味那一份惬意。然而老师的嗓门终于把我拉出了“唧唧喳喳”的世界，回到课堂。我转头想问同桌上到哪儿了，却发现她也正出神地望着窗外。

座位在窗边，真好，除了在炎热的夏末体验风的抚摸，还可以在闲暇时望向窗外。

窗外不远处是一大片树林。梧桐，水杉，松柏，错落有致，望去满眼的绿，墨绿，深绿，淡绿，黄绿……各色的绿和谐地交织在一起，像是随手涂的绿色的水彩画，自然，清新。微风吹过，只见得密密的树叶一齐晃呀晃呀，最后，树顶上的鸟叫从颤动中也静了下来。有时候风很大，树冠大幅度朝一边倾去，来不及回头，又被另一阵风吹弯过去，隐约听见“哗哗”的声音。风小了，“哗哗”声也融入学生们的吵闹声中，树林又成了一幅水彩画。

傍晚，落日的余晖笼罩了校园的一切，窗边的同学们就像披着金纱，树林边露出一角红瓦的教学楼，像被金边勾勒，与绿中泛金的树林融为一体。不！周围的一切在夕阳下都融为了一体。

这时，一群飞鸟“唧唧喳喳”闯入了原有的融洽，钻入了树林，一小片树叶微动了一下，又恢复了宁静。不一会儿，又是三五只麻雀，像金粒掉进了金水中，迅速在林中隐没了。鸟群越来越多，都飞向那一片树林。鸟中麻雀居多，因为它们在暗中什么都看不见，所以都争先恐后地找住宿之处，有的鸟儿飞到树枝上，却又惊动了原先在那儿的鸟儿，一小片树冠颤动了，飞出几只鸟儿，但很快又在附近的叶子中消隐了。

天色渐渐暗下来，树色也染成了暗绿，在深邃的墨蓝天空的映衬下，仍看见姗姗来迟的鸟儿飞入林中，却不见树上有一只鸟，只听见“唧唧喳喳”的鸟鸣。大概它们在谈说着白天的趣事，或是在做临睡前的祷告吧。

树、鸟融洽地和在一起，我望着树林，也想变成一只鸟儿，钻入那片绿，亲自体味那一份惬意。然而老师的嗓门终于把我拉出了“唧唧喳喳”的世界，回到课堂。我转头想问同桌上到哪儿了，却发现她也正出神地望着窗外。

编辑心语：

文章设置了一种宁静美妙的境界，寓人于鸟，体现了作者渴望自由的心态。

春天的美丽

倪玉桦

春天降临，漫步于星星点点的草地，我清楚地听见心中冰块破裂碎散的声音，我望着嫩绿色的柳枝，淡蓝色的湖水，鹿茸地的草儿花儿，还有人们脸上的微笑，我真的开始相信，春天其实一直住在我的心里，即使冬日无数次来过，留下了冰冷、寂寞还有空虚的我；即使我曾那么迷恋冬日，厌倦春日的种种辛劳。

我曾喜欢着冬季。

一直，也认为自己是沉迷于那白色的季节，我可以捧着飘然而逝的雪，凝望淡蓝却幽远的天，品味万物一片稳如泰山般的景色，冰冷得让我清醒，一切都在沉睡，所以不会打扰自己，站在空旷的操场，有种想放声大喊的冲动，然而激动后更加茫然孤寂的安静正慢慢侵蚀着我的心，使我骄傲。

冬季就是如此，在寒冷与霜雪的交替上演中，有那么一份不平凡的超脱，没有喧嚣，没有热烈，没有伤感。我厌倦了春日的忙碌，夏日的烦躁，秋日的收获，我希望冬季能一直继续，使我麻木于冰封的世界。

可是，春天还是来了。

说不清为什么，当第一缕温和的阳光告诉我春的脚步时，我为自己修筑的一个冬季的冰之城堡瞬间开始融化。夹杂着生命的气息，甜甜的风轻触我的脸颊，使我的身体变得轻盈，如优雅的小小蒲公英，丢开厚重的被子暖意浸透全身，心不可抗拒地变得活跃而自由。一切都如诗人所言的在飞扬，在舞蹈，在演奏春的乐曲。我被推进无边无际的想象之中。

再度苏醒时，意识到冬日已离我而去了。那曾属于我的冬季，陪我默默用冰镇住的、值得回忆的冬季，正带着安静与沉睡离我而去，我似乎一下子看清了自己，明白冬日中我的等待，我的释然。

春天降临，漫步于星星点点的草地，我清楚地听见心中冰块破裂碎散的声音，我望着嫩绿色的柳枝，淡蓝色的湖水，鹿茸地的草儿花儿，还有人们脸上的微笑，我真的开始相信，春天其实一直住在我的心里，即使冬日无数次来过，留下了冰冷、寂寞还有空虚的我；即使我曾那么迷恋冬日，厌倦春日的种种辛劳。

然而，我却开始被春吸引，踏着轻盈，满怀憧憬，带着重生的喜悦，张开双臂，去感受这美丽的春天。

编辑心语：

作者感情细腻，通篇充满了春天的声音。

我喜欢

范　丽

风和日丽的日子里，我必须朝着一缕阳光，告诉一切生物，我喜欢你们。

我喜欢浅蓝的天空飘几朵白云，我喜欢瓦蓝的天空一望无垠，我喜欢湛蓝的天空缀上无数明星。

我喜欢翩翩起舞的蝴蝶兰，我喜欢鲜嫩欲滴的马蹄莲，我喜欢十里飘香的桂花，我喜欢冷傲孤雪的腊梅。

我喜欢沿着小溪散步，我喜欢踩着落叶嬉戏，我喜欢踏着白雪奔驰。

我喜欢在小雨中呼吸泥土的芳香，我喜欢在大风中品赏混浊，我喜欢在薄雾中拨开面纱，我喜欢在暴雨中激醒双眼。

我喜欢随手画下我喜欢的衣服，我喜欢戴上耳机无限遐想，我喜欢穿上拖鞋在家“吧吧吧”地乱窜。

我喜欢他的关怀，我喜欢她的照顾，我喜欢他的教育，我喜欢她的训导，我喜欢他的热情，我喜欢她的和蔼。

我喜欢他在广场上拉小提琴，我喜欢她在草原上弹钢琴，我喜欢他在篮球场上挥汗如雨，我喜欢她在舞蹈室里迷人如花。

我喜欢白居易的《长恨歌》，我喜欢大圆小圆相切相交，我喜欢O_2、H_2相互反应，我喜欢牛顿三大定律，我喜欢26个字母的奇妙组合。

一切的一切……

风和日丽的日子里，我必须朝着一缕阳光，告诉一切生物，我喜欢你们。

编辑心语：

本文语言富有节奏感，读来朗朗上口。

走进冬天

黄　郡

有什么理由要拒绝冬天呢？冬天来了，春天还会远吗？那么，就请你伸出你的手，擦干脸上的泪水，带着那一份宝贵的自信与笑脸，让我们一起勇敢地走进冬天，好吗？

又到深秋了，天气很冷。

枯残的黄叶在肃杀的秋风中片片凋落，几枝光秃的枝丫在冰凉的空中无望地瑟缩着，生命在这本应成熟的季节里呈现出一派萧条的景象。

你捧着一枚火红的枫叶，神色黯然，幽幽地说，你的心就像这风中的落叶一样。那一刻，我深深地感受到你苍凉而浓郁的秋意，因为我清楚地看见，你黑亮的眸子里正噙着大颗大颗晶莹的泪滴，心便觉得冷。簌簌的秋风吹乱了你如瀑的长发，遮住了迷蒙的眼神，你仍在娓娓地诉说着。你说世界是那样无情且无奈，春去秋来，却总也不能抵挡春天带给你的伤害；你说你看透了这个世界的炎凉冷暖，对一切都失去了希望和信心；你说你从来没有快乐过，生活得好累好苦好压抑……你说着说着便哭了，深秋寒冷的风里，你的哭声让人心碎。

我无言，看着你零乱的头发红肿的双眼，我不知道该如何跟你说，真的，不知道。

我深深地理解你那份刻骨的孤独和忧伤，因为曾经那样无助而迷惘的日子里，我也曾有过那样的无奈与彷徨。但是我们无法拒绝冬天。拒绝冬天，就能拒绝寒冷吗？

生活本就是一支曲曲折折高高低低的歌，弯弯绕绕地流淌在潺潺的岁月的河流里，因为曲折而显得错落有致，因为高低才显得韵致无穷。曾经走过的雄关漫道长长航程中，常有荆棘与坎坷、暗礁和险滩横在我们面前，让我们欲哭不能。但是，我们能因此而停下脚步吗？

走过那些阴冷晦暗的日子，穿过许多个凄风冷雨的秋季，如今，我已不再对月伤怀感花溅泪，不再为冬天的那份寒伧和寂寥而叹息哭泣，因为早已懂得去珍惜这个美好的世界，珍惜这一切的欢笑和泪水，幸福和悲哀。带着微笑，让所有落寞的心情都能消融在冬日的艳阳里，让生命在四季的轮回中顺其自然水到渠成，让所有古老的故事在岁月的底蕴中慢慢陈旧，凝成一束永不凋零的鲜花，绽放于你的心间。

有什么理由要拒绝冬天呢？冬天来了，春天还会远吗？那么，就请你伸出你的手，擦干脸上的泪水，带着那一份宝贵的自信与笑脸，让我们一起勇敢地走进冬天，好吗？

编辑心语：

作者的语言大气雄浑，文章哲理深刻，催人奋进。

我的青春，我的故事

——“最年华”青春系列图书稿件征集

是否还在感慨如今网络小说到处泛滥，语言苍白无力，情节大同小异，肤浅无聊?

受够了有没有?!!!

是否还在感叹韩寒、郭敬明，小说一本接一本，每一本书、每一个精彩的故事都夹杂着不一样的青春气息?

羡慕了有没有?!!!

是否还在悲叹自己的故事比他们的更加曲折、更加令人感动，却因为没有出手而要被埋没在一个人的记忆深处?

可惜了有没有?!!!

不要再感慨悲叹，现在，翻身的机会来了!

“写出你的故事”——一场大型的以“青春”为主题的故事征集现在启动啦!

心动了有没有?!!!

席慕蓉曾说：青春是一本太仓促的书。是的，青春本就是一本书。

我想，最好的能为青春这本书留下一些纪念的方式便是用文字把它记录下来，而你做好准备了么？为自己独有的青春岁月添加一些篇章字句，描绘出它独有的色彩。

不一定要有华丽的文笔，只要你有一颗充满真情的心，就注定你的故事会别具一格。也许是关于爱情，也许是关于友情，也许是关于成长，也许是关于忧伤，也许是……那些关于你的青春回忆就像是老照片，在时光里慢慢沉淀，沉淀出属于你自己的味道，而有关你的青春的那些刻骨铭心、独一无二的故事并不会随着时光走远而渐至无声湮没，只要你拿起手中的笔，那些故事会像是一个个精灵，在你掌中幡然苏醒。

这是属于你的季节，你准备好了吗？

把关于你青春岁月中发生的那些刻骨铭心的故事，告诉我们吧！我们将会用最短的时间把你的故事打造成最精美的图书，让你的故事从此拥有更多的传诵和祝福。我们在这里等你！

活动细则：

1、故事题材不限、长短不限、风格不限，只要是你青春岁月中刻骨铭心的故事，就请你写下来，发到我们的信箱：zuinianhuats@163.com，来信时请注明你的详细个人资料和联系方式，我们有专人在第一时间进行阅读和回复；

2、所有来稿都会在第一时间刊登在官博，供读者欣赏、评选；

3、每周进行一次初评，选出三篇真情故事进入复赛；

4、每月进行一次终评，决选出最后胜者。而且稿酬从优哦！